Allitera Verlag

Mit finanzieller Unterstützung der
Sparkassen-Kulturstiftung Hessen-Thüringen
in Frankfurt am Main

Nagelprobe 27

Preisgekrönte Texte des Wettbewerbs
Junges Literaturforum Hessen-Thüringen

Herausgegeben vom Hessischen Ministerium
für Wissenschaft und Kunst

Allitera Verlag

Weitere Informationen über den Verlag und sein Programm unter:
www.allitera.de

Bibliografische Information der Deutschen Bibliothek
Die Deutsche Bibliothek verzeichnet diese Publikation
in der Deutschen Nationalbibliografie;
detaillierte bibliografische Daten
sind im Internet über <http://dnb.ddb.de> abrufbar.

April 2010
Allitera Verlag
Ein Verlag der Buch&media GmbH, München
© 2010 für die Anthologie: Buch&media GmbH, München
© 2010 für die Einzelbeiträge
beim Hessischen Ministerium für Wissenschaft und Kunst
Umschlaggestaltung: Kay Fretwurst unter Verwendung eines Motivs
von Bettina Hermann
Herstellung: Books on Demand GmbH, Norderstedt
Printed in Germany · ISBN 978-3-86906-124-5

Nagelprobe 27

Vorwort

Preisrede

Es ist wunderbar, großartig und einfach erhebend, wenn sehr junge Leute die sehr alte Kulturtechnik des Schreibens wie auch des Lesens nicht nur beherrschen, sondern auch leidenschaftlich nutzen.

Es ist grauenhaft, grässlich und einfach nur scheußlich, wenn man viele, viele Seiten lang lesen muss, was junge Leute glauben, ihrem Computer und danach einer Jury anvertrauen zu müssen.

Dieses, liebe Preis- und Würdenträger, verehrte Eltern und geschätzte junge Leute ist das Spannungsfeld, in dem sich die acht Beurteiler von in diesem Jahr 734 Texten bewegten. Rein zahlenmäßig gehört der Sieg der besseren Seite.

Es ist wunderbar, großartig und einfach erhebend, wenn ältere, mit den Windungen und Wandlungen des Literaturbetriebs vertraute Leute eine eben beginnende Dichterin, einen gerade sich freischreibenden Erzähler loben und zu erkennen versuchen, was diese im Innersten antrieb.

Es ist grauenhaft, grässlich und einfach nur scheußlich, wenn alte oder festgefahrene Meinungsführer ihre Maßstäbe an jenen Zauber anlegen, der allem Anfang innewohnt. Meinungsfuzzis, die diesen Halbsatz sofort und ohne Google mit einem Copyright brandmarken können: Hermann Hesse!

Das ist der Widerspruch, dem sich die Einsender eines solchen Wettbewerbs ausgesetzt sehen.

Und nun soll ich mich mitten zwischen diesen Widersprüchen und Spannungsfeldern platzieren und mit ungefähr 6085 Zeichen andeuten, was das Besondere dieses Jahrgangs, das Markante an einzelnen Texten ist, wo die schönsten Sprachbilder, die besten Einfälle, die überraschendsten Pointen, die verblüffendsten literarischen Kenntnisse und die absonderlichsten Charaktere versteckt waren. Schlechterdings unmöglich, auch wenn ich am Ende dieser Rede nur zwei Mal das Wort unmöglich verwendet haben werde,

Sie aber zehn Mal den Begriff Literatur (in diversen Zusammensetzungen) hören mussten.

Es könnte an der Jahreszeit liegen, zu der die Texte jeweils eingereicht werden, und in dieser Saison zudem an der europäischen Großwetterlage, dass in den Geschichten und Gedichten so oft so viel Kälte herrscht. Doch da wir über Literatur reden, hat die Kälte natürlich ein Bedeutungsfeld. »Das Wort und seine Strahlung«, nannte dies Rainer Kirsch in einem großen Essay. Den Dichter Kirsch müssen Sie nicht unbedingt kennen, seinen Essay sollte lesen, wer dichten will.

Doch zu messbaren und gefühlten Temperaturen: Wo Kälte herrscht, ist Wärme abwesend. Wo kalte Beziehungslosigkeit sich breit macht, wird die Sehnsucht nach Wärme und Mitmenschlichkeit groß. Diese Tatsache ist traurig und stimmt hoffnungsfroh. Ja, in dieser Welt geht es kalt, hoffnungs- und herzlos zu. Doch wenn junge Leute genau dies bemerken und bemängeln, wenn sie ihr Schreibtalent auch darauf richten, dies zu erforschen, stimmt das hoffnungsvoll. Nein, sie können nicht Kälte vertreiben und Wärme herbeischreiben. Literatur wird die Welt wohl nicht ändern, auch wenn manche Leute wie der kleine Tucholsky mit seiner klappernden Schreibmaschine eine große Katastrophe aufzuhalten suchte. Aber eine wie nachlässig auch immer gehandhabte Liebe zu den Wörtern kann beim Einzelnen etwas bewirken, kann ihn sensibler machen; vielleicht wird er dann eingreifen, wenn Kälte nicht nur ihm im Wortsinne auf die Pelle rückt: Die entsprechende Geschichte dazu steckte im großen Stapel der Einsendungen und liegt jetzt auf dem kleinen Stapel der Preisträger.

Um die andere Gattung, die Lyrik, machten wir uns dieses Jahr echte Sorgen. Auf welchen Lese- und Liebeserlebnissen mögen sie wohl beruhen, diese Mengen an unfreiwillig komischen Gedichten, diese ungeformten Reimereien, diese schiefen Bilder? Und doch leuchteten dann plötzlich ein paar Worte auf, und es verschlug uns, den ans Plapperhandwerk gewöhnten Literaturprofis, die Sprache. Gelegentlich kamen wir lange ins Streiten über kurze Zeilen: »zwei Dohlen taumeln Bauch an Bauch / vom Sims aus in die Höh«. In die Höhe taumelt man nicht, meinten die einen. Aber genau das ist das unverwechselbare Bild, das für dieses Gedicht und für die Bäuche zweier Dohlen stimmt, argumentierten die anderen. Sie können in dieser »Nagelprobe 27« gern die Probe aufs Exempel machen und schauen, ob wir mit unserer Auswahl gelegentlich denn doch hart am Abgrund des Geschmäcklerischen taumeln.

Natürlich waren wir in diesem Jahr besonders auf der Hut: Wer schwimmt mit im Strom der Hegemannia? Wer arbeitet mit Copy & Paste, wer schreibt mit fremden Federn und von nahen Vätern ab? Wer holt sich aus dem elektronischen Netz, was nicht im eigenen Netz der Sinne verfing? Doch zur Literatur gehören ungelöste Rätsel genau so wie das Anarchische, das Reale wie das Surreale. Drum habe ich einen Sechszeilen-Text kompiliert, um darin wenigstens die knappe Hälfte der Namen unserer heutigen Preisträger unterzubringen. Vielleicht flattert er uns im nächsten Jahr, kopiert und übertragen, umgeformt und ausgedehnt, aus dem Einsenderstapel entgegen. Der Text heißt:

Der Fortschritt des Pessimismus
oder
Elf Namen auf einen Streich

Der Winter war ausgebrochen, also fort, der Heiland war längst kein Menschenfischer mehr, das Erbe der Engel war zum Teufel, das Leben hart, Wellness nimmer gefragt. Riesen sind zu Männl geschrumpft. Jeder Friedrich muss Kriegsdienst leisten und keiner sagt: Ich seh Licht am Ende der Welt. Erste & Beste fallen in den Staub, ruhn nun für immer.

Nein, eine solche Aussicht ist kein schöner Schluss, selbst wenn Literatur mit Realität auf die eine oder andere Weise verbandelt ist, also das »durchaus Scheisige« (Zitat Goethe) der Situation kennen und benennen sollte. Drum schließen wir hier mit dem verwandelten Beginn dieser Rede: Es ist wunderbar, großartig und einfach erhebend, wenn jüngere, mit den Windungen und Wandlungen des Literaturbetriebs noch unvertraute Leute, wenn eben beginnende Dichterinnen und gerade sich freischreibende Erzähler ihre ersten literarischen Erfolge feiern können. Und wir dürfen sagen: Wir sind dabei gewesen. Herzlichen Glückwunsch uns allen.

Matthias Biskupek

Hauptpreise

Juliane Bruhn

Sinnflimmern

»Was hast du?«
Deine Stimme klingt unbenutzt und kratzig im matten Dunkelgrau des Schlafzimmers. Sie drückt sich zwischen dem raschelnden Bettzeug mühevoll Zentimeter für Zentimeter näher zu mir hin, während deine Finger nach dem Wecker neben dem Bett tasten.
Halb drei morgens.
Ich weiß nicht, was mich geweckt hat, aber mein Herz sitzt zusammengeknüllt und zittrig in meiner Brust. Wie ein großer Vogel drängt es sich flatternd gegen meine Rippen. Noch bin ich nicht fähig, nach deiner Hand zu greifen, deinen besorgten Blick, den ich nicht sehen kann, aufzufangen. Wie in einen Zerrspiegel blinzele ich verwundert in die Realität, noch immer bereit, mit den Armen über dem Kopf durch eine eingebildete Wirklichkeit zu rennen, was das Zeug hält. Nach Hause, nach Hause, nach Hause. In sichere vier Wände, in den Schutz, nach dem du duftest. Aber da bin ich doch. Du bist längst in Sichtweite. Ich müsste nur etwas sagen, aber der Traum sitzt mir noch im Hals und macht mich wortlos. Was hat mir solche Angst eingejagt, dass ich kaum wieder zurückfinden kann ins vertraute Jetzt? Vor meinen Augen tanzen nur noch letzte Splitterbilder ohne Hand und Fuß. Hanebüchene Behauptungen.
Langsam weicht die Taubheit aus meinen Gliedmaßen, lässt mich meinen Körper Stück für Stück rekonstruieren, der wie gemeißelt unter der Decke liegt und vor Anspannung prickelt. Kalte Füße mit dünnen Beinen daran, ein nass geschwitzter Rücken auf klammen Laken, glühende Wangen auf dem Kissen, Finger wie verwachsen mit der Haut auf meinem Bauch.
»Ich hab schlecht geträumt.«
Wackelig unternimmt meine Stimme erste Gehversuche. Funktioniert sie noch? Kein Schrei, nur mein ruckartiges Atemholen hat dich aus dem Schlaf gerissen. Manch-

mal streichelst du mir über den Kopf, wenn ich unruhig schlafe. Dann kannst du die Angst herauswischen. Heute Nacht kamst du nicht mehr dazu. Du antwortest nicht, also schiebe ich den Satz mit meiner Hand in deine.

»Ich hab schlecht geträumt, aber ich weiß nicht mehr, was es war.«

»Möchtest du, dass ich dir einen Schluck Wasser hole?«

»Nein, bleib hier!«

Mein Mund ist trocken, aber ich fürchte, dass die Angst das bisschen Wirklichkeit, das ich ihr abgerungen habe, einfach überspülen könnte, sobald du mich loslässt. Es ist egal, wie fest die rauhfasertapezierten Wände um uns herum sind, sie würden einfach aus meinem Blickfeld rutschen, sobald du aufstehst. Der Schrank, die Kommode. Alles würde von meinen Albtraumvisionen verschluckt, die schrecklich bleiben, weil ich sie nicht erzählen kann. Worte sind diesseitig und randvoll mit Tatsächlichkeit. Deshalb entzieht sich mein Traum ihnen, unförmig und lichtscheu, wie etwas, das in der Tiefsee haust. Zwischen deinen Locken, die sich auf mein zerzaustes Haar legen, verfängt sich nichts von alledem, weil wir darin wohnen, und wenn ich meine Nase hineindrücke, rieche ich unsere Geschichten.

Unser erstes Treffen am Bahnhof im Februar, Passbilder im Fotofix, meine grüne Lederjacke mit Reißverschluss und deine schwarze mit Knöpfen. Das letzte Bild auf dem Film, das die Fotografin verschoss und aus dem du dich am liebsten herausgelächelt hättest. Das Kinderplanschbecken und die wehrhafte Kokosnuss auf dem Balkon im ersten Sommer, der keine Seeluft mehr mitbrachte. Nur an deinem Scheitel sitzen kantige Schatten, Streit und durchschwiegene Abende, Tränen in der Öffentlichkeit, durchzogen mit den neugierigen Blicken der Passanten.

Und dabei immer und immer wieder Trost, den wir uns hin- und herreichten. An ganz schlechten Tagen, an denen mich Herbert-Grönemeyer-Lieder zum Heulen brachten, hast du mir ein paar Witze zugeworfen. Damit ich etwas zum Auffangen hatte, etwas zum Dran-Festhalten.

»Was liest du denn gerade für ein Buch?«

Doch das sagst du nicht. Du sagst: »Komm. Nicht stehen

bleiben, nicht umsehen. Wir gewinnen gemeinsam Land heute Nacht.« Also erzähle ich dir von belanglosen Geschichten, von schönen Passagen, ereifere mich über diesen und jenen Teil der Handlung eines schlechten Romans, obwohl du gar nicht gern Romane liest. Wir laufen gemeinsam ein Stück durch Schweden, durch die Niederlande, durch Italien, um mit dem Schrecken davonzukommen, den mir ein viel größerer auf die Stirn gestrichen hat und der doch nicht aus seiner Zeit heraus kann. Er sitzt fest, irgendwo zwischen drei und vier Uhr, während du mir durchs Haar streichst und das Rauschen des Morgens schon fast vor dem Fenster zu hören ist. Es kann uns egal sein, was mit ihm geschieht.

Noch ein bisschen und der Schlaf wärmt mir Hände und Füße, sodass ich mich gut und richtig fühlen kann. Die Fremdheit ist schon lange abgegolten.

»Und dann?«

Deine Stimme treibt in Schwaden über uns, mühelos, ein bisschen träge und soufliert mir Wirklichkeiten, die so wortreich sind, dass sie mich in den Schlaf hinübertragen. Der Wecker zeigt fünf Uhr.

Juliane Bruhn, 1984 in Kühlungsborn geboren, studierte Kommunikationswissenschaft, Englische Philologie und Psychologie an der Westfälischen Wilhelms-Universität (Abschluss: Magistra Artium). Derzeit ist sie Praktikantin in einem Verlag.

Christian Engel

Celan

Vor Deinen Lippen lag es.

Mit der Zunge schlugst
Du danach, rührtest
Wellen in die Luft, denn
Schiffe entfuhren
Deiner Kehle immer-
zu zitternd
im Lautwind, der
die Segel blähte

Das
war nichts,
was man hätte
orten können
war etwas
wie ein Vorhang

Die Bilder waren
darauf, die Ge-
rüche und -räusche
und es war dünn
und schien dem
Reißen nah

Ein Bugstoß hätte
ausgereicht, ein
Ausschlag in der
Oberflächen-
spannung
und man hätte
sehen können
was da-
hinter lag

was da
Leere auf
die Innenseite
hauchte

Wäre nur eines
der Schiffe
angekommen,
hätte der Strom
bis ans Ende gereicht,
wären sie sich nicht
unterwegs bewusst geworden,
dass die Luft kein
Wasser ist und kein
Wort ein Schiff

Wir hätten schweigen können.

Christian Engel, 1989 in Offenbach am Main geboren, machte 2009 das Abitur am Adolf-Reichwein-Gymnasium in Heusenstamm. Von Juli 2009 bis Ende März 2010 war er Zivildienstleistender in einer integrativen Kindertagesstätte. Veröffentlichungen: Beiträge in den Anthologien »Schreibzimmer 2007, »Open Writing 2007/2008« und »Schreibzimmer 2009« (alle herausgegeben vom Literaturhaus Frankfurt).

Katharina Hartwell

Hinter Glas

Im Nachhinein fällt einem alles Mögliche ein, das einem entgangen ist, das man doch hätte bemerken müssen. In Pauls Fall: Dass er nicht mehr laufen oder schwimmen gehen wollte, den ganzen Tag im Bett lag und sich Splatterfilme anschaute oder *The Cure* hörte. Im Nachhinein scheint alles etwas zu bedeuten. Gerade so, als sei *The Cure* ein Symptom, die Splatterfilme eine Erklärung.

Nachts, wenn ich nicht schlafen kann und mich verknote, denke ich an Pauls Mutter. Ich hoffe, dass sie keinen Kuchen backen wird. In der Dunkelheit, in der Schlaflosigkeit denke ich an ihre unglaublich trockenen Kuchen. Vielleicht weiß Pauls Mutter nicht, wie man Sahne macht, vielleicht ist die Erfindung der Sprühdose an ihr vorbeigegangen. Gern würde ich sie darauf ansprechen oder eher anschreien: Man muss die Dose bloß schütteln und auf den Sprühknopf drücken! Jeder Idiot kann das!, würde ich ihr entgegenschreien. Jeder Idiot.

Dabei wird es auch ohne die Kuchen schlimm genug. Das liegt dann an Pauls Mutter und mir und wie wir am Kaffeetisch sitzen und blöde grinsen und ständig Sachen sagen werden wie: Noch etwas Kaffee? Kann ich dir die Milch reichen?

Weil Paul mein bester Freund war und es immer gewesen ist und es vielleicht immer sein wird, das weiß ich jetzt nicht mehr, werde ich trotzdem hingehen.

Die Mutter macht die Tür auf. Es gab eine Zeit, da sagte sie immer nette Dinge zu mir: So ein hübsches Mädchen wie du. Oder: Was der Paul ein Glück hat, eine wie dich zu kennen.

Jetzt, wo sie verstanden hat, dass das nirgendwo hinführt, wird sie schnell verlegen. Sie bleibt in der Tür stehen, als wolle sie mich nicht hereinlassen. Dabei hat sie mich angerufen. Während sie mir gegenübersteht, tastet sie an mein Herz. Es ist wie in einem von Pauls Splatterfilmen, in denen die Monster sich an anderer Leute Organe vergehen. Mit meinem Magen, meinem Herz und Hirn stimmt etwas nicht mehr. Ich will mich umdrehen und rennen. Ich will alles, nur Paul will ich nicht sehen.

Ich weiß nicht, ob das reicht zu sagen: Dass ich nicht war wie andere Mädchen und Paul nicht wie andere Jungen. Wir waren wie einander. Wir waren was, zusammen. Dann fielen wir auseinander und Paul ließ mich stehen, ohne Brief, ohne Anruf. In Filmen ist das so: Wenn Leute entscheiden, sich umzubringen, oder das Land zu verlassen, oder wissen, dass sie bald sterben werden, schreiben sie erhellende, tröstende Briefe. Paul wollte das Land aber nicht verlassen, er hatte keine Krankheit und einen erhellenden Brief habe ich auch nie gefunden.

Das Wohnzimmer sieht aus wie immer, der Flur sieht aus wie immer, die Küche sieht aus wie immer. Nur weil wir uns verändern, Paul und Pauls Mutter und ich, mutieren nicht auch die Räume. Sie sind unbeeindruckt von uns, wir färben nicht ab. Wie immer ist es still. Manchmal hört Pauls Mutter Musik in der Küche. Volksmusik aus einem kleinen Radio, dann schließt sie vorher die Tür, als täte sie was Verbotenes, Geheimes.
 Paul ist im Wohnzimmer, sagt sie. Ich nicke, aber bewege mich nicht.
 Er freut sich, dass du kommst, sagt sie. Und weil sie es sagt, weiß ich, dass es eine Lüge ist. Genau, wie wenn sie plötzlich sagen würde: Die Erde ist rund. Zum ersten Mal kämen mir Zweifel. Gerade, weil einer meint, es sagen zu müssen und das, obwohl doch nie jemand etwas anderes behauptet hat.
 Ja sicher, sage ich.

Er hat vorher Anlauf genommen.
 Das haben sie seiner Mutter später erklärt und seine Mutter hat es dann mir erzählt, am Telefon.

Ich kann Sie nicht verstehen, habe ich gesagt. Ich habe sehr laut gesprochen. Hör auf zu heulen, du dumme Kuh, habe ich sagen wollen. Stattdessen aber, stattdessen nur: Ich kann Sie nicht verstehen. Ich habe sie dann noch oft genug gehört, die Geschichte von diesem Tag. Weil Pauls Mutter sie nie recht hat glauben können, hat sie immer wieder erzählen müssen, wie:
Paul am Schreibtisch gesessen hat.
Aufgestanden ist.
Anlauf genommen hat.
Durch den Flur gerannt ist.
Auf das Bad zu.
Durch die geschlossene Glastür hindurch.

Seine Haut muss von einem Narbennetz durchzogen sein. Ob sie mit einer Pinzette die Splitter entfernt haben? Wie fühlt sich das an, wenn man dir eine Glastür aus dem Brustkorb zieht?
Statt zu fragen schlage ich vor: Vielleicht noch etwas Milch?

Paul sieht nicht aus wie immer, Paul sieht ganz anders aus. Aber ich kann nicht sagen, was es ist. Außer, dass die Glastür vielleicht doch noch in ihm ist, denn gläsern schaut er aus.
Hallo Paul, sage ich.
Ich fixiere den Fußboden. In der Küche hören wir die Mutter. Sie stapelt Teller und holt das gute Teeservice aus dem Schrank. Früher haben wir viel gelacht über das gute Teeservice. Jetzt scharren wir mit dem Füßen.
Ich bin jetzt hier, sage ich und weiß nicht, warum ich es sage, außer, weil ich meine, es gegen etwas behaupten zu müssen, so als würde ich meinen, eigentlich woanders zu sein.

Es war bloß ein Schub, jetzt kommt alles wieder in Ordnung, sagt Pauls Mutter. Sie flüstert. Vertrauensvoll drückt sie mir Teile des guten Services in die Hände. Bloß ein Schub, denke ich und stolpere fast über die Türschwelle zum Wohnzimmer. Eine Tasse fällt mir aus der Hand und zerbricht.

Ach, bloß eine Tasse, winkt Pauls Mutter ab, und wir setzen uns.

Über meine Teetasse hinweg schiele ich zu Paul, der aussieht, als habe jemand Schichten seiner Selbst abgetragen. Er ist schmal geworden, hat sich aus sich selbst herausgepellt. Was bleibt, sind fahle Haut und unzuverlässige Knochen. Ich umklammere meine Teetasse so fest, dass der Henkel abbricht. Pauls Mutter sagt nichts.

Sie will mich zur Tür bringen, aber ich behaupte, etwas im Wohnzimmer vergessen zu haben. Paul sitzt noch am Tisch. Ich beuge mich über ihn und küsse seinen Kopf, den Schädel, unter dem Haar stoße ich auf knöchernen Widerstand. Wie gut, dass du wieder da bist, sage ich. Und dann ein zweites Mal, damit wir wissen, dass es etwas bedeutet: Wie gut, dass du wieder da bist.

Katharina Hartwell, 1984 in Köln geboren, studierte Anglistik und Amerikanistik in Frankfurt am Main. Bisherige Veröffentlichungen: Beiträge in »Nagelprobe 26« (2009), in Literaturzeitschriften (»Macondo«, »Federwelt« und »Belletristik«) sowie in Anthologien, u.a. in »Quietschblanke Tage, spiegelglatte Nächte – Großstadtgeschichten« (Leipzig 2008, herausgegeben von Katharina Bendixen). Förderpreisträgerin des Main-Kinzig-Kulturpreises; 1. Platz beim 14. MDR Literaturwettbewerb 2009.

Wiebke Hoffmann

Melancholie in Blau

Verloren, ein gestrandeter Walfisch lag auf der Hofeinfahrt. Eine Badewanne voll Erinnerungen. Wer will auch schon in fremder Vergangenheit baden? Die Wanne hat noch die Sepia-Patina, gelblich-braun wie die Welt von damals. Erst war die Welt schwarz-weiß, dann bekam sie Farbe, alles mit gelblichem Stich. Die getönte Linse ist ein wärmender Filter über den Augen, scheint ins Herz. Wir stehen gut ausgeleuchtet im Neonlicht. Farbvielfalt und Schärfe sind heute Realität. Trotzdem scheint nichts klarer. Sie renovierten meine Kindheit fort. Aus Angst will ich meine Erinnerungen konservieren, doch sie sind nur wie Sand in meiner Hand, umso fester ich greife, desto mehr entrinnt mir. Des Nachts spielt mein infantiler Geist auf dem Hof, dem meine Sehnsucht gehört. Er ist diesem Ort verhaftet wie so viele Seelen, hier spuken meine Verwandten, tanzen. Kinderlachen und warme Handtücher, nasse Fliesen und Schaumbad. Sie renovierten meine Kindheit fort. Die Wanne da im Schlamm war mein Schiff nach dem Springen in Pfützen. Nach meinem Abschied durfte sie bleiben bis zu dem Tag meiner flüchtigen Rückkehr. Die Dauer eines Augenblicks, in dem der Wald einmal aufatmet und mich dann davon trägt. Du gehörst heute nicht mehr hierher. Hier wohnt deine Kindheit, dein Geist bleibt, deine Seele sehnt sich. Alles hat seine Zeit. Deine Zeit für diesen Ort ist abgelaufen. Hier liegt sie verstoßen und heimatlos. Nun musst auch du auf dem Trockenen schwimmen. Nur noch morsches Treibholz.

Draußen liegt alles in Trümmern und hier ist alles abgegrast. Der Rächer der Witwen und Waisen zieht durch die Wälder, bewaffnet mit Pfeil und Bogen. Mutter hat aus alten Pullovern einen neuen gestrickt, denn der Sohn will ganz nach dem Vater streben. Um ausgleichendes Recht zu erwirken, ist er mit seinen Gesetzlosen auf der Suche nach einem schwarzen Birkenspanner. Sie teilen. Verlassen ist das

Land und Löcher schmücken ihre Socken. Im Versteck präsentiert der Junge aus dem Forsthaus den Gefährten stolz seine Beute. Mit dem Taschenmesser wird salomonisch geteilt. Jeder bekommt ein paar Raspeln auf die Fingerkuppe geschabt. Wann wurde wohl ein einziges Stück Schokolade je wieder so genossen.

Auf dem Sofa liegt sie nun, flüstert leise *Jetzt fühle ich mein Scheitern*. Ich sehe sie am Schreibtisch sitzen, eines dieser endlosen Telefonate führen, gedankenlose Kugelschreiberzeichnungen, die Seite um Seite füllen. Die Dauer eines Telefonates. Ich sehe Feen, Hexen, Drachen in wohlbekannten Hainen tanzen. Die Linien sind Schäfchenwolken. Ein Schaf. Ein zahmes Schaf, ein stilles Schaf, ein stummes Schaf. Das Schaf flieht vor der Herde, um zu überleben. *Dummes Schaf bleib bei mir, geh nicht fort, alleine bist du verloren.* In der Einsamkeit bemerkt das Schäfchen, es ist weder schwarz noch weiß, es hat Flügel und kann fliegen, davon, dem Himmel entgegen. Die Telefonzeichnungen von Schafen mischen sich zu blauen Flüssen. Kein Taschentuch lässt die Quelle versiegen. Unaufhaltsam fließt der Fluss ins Meer. Musik, die mir heute noch in den Ohren klingt. Ein Pullover, dessen Ornamente Trauer schreiben. Wo ist der Weg? Wo ist die Hand, die mich führt? Wo ist die Schulter, an die ich mich lehne? Wo sind die Arme, die mich schützend wärmen? Ein anderes Sofa, die gleiche Pose, die gleiche *Sie*, die gleiche Trauer, andere Worte.

Als noch Schnee fiel im Winter, nicht diese Sorte Schnee, der sofort beim Kampf gegen das Streusalz kapituliert. Zum Einsinken hoch war er und so frostig, dass er Geräusche machte. In diesen Wintern gab es Spuren. Jeder Schritt war ein Stempel, ein Zeitzeuge, ein nicht müde werdender Begleiter. Jeder Schritt musste wohlüberlegt sein, denn er ließ sich nicht leicht ausradieren, nicht dieses sommerliche Einenvor-zwei-zurück-barfuß-Getänzel auf heißen Steinen. Jeder pflügte sich einen Trampelpfad in den Alltag und wehe dem, der vom Gewohnten abwich, dann krümelte der Frost in die hohen Stiefel. In den längeren Wintern reichte niemals das

Holz für den Kachelofen. Dann half uns der Mann mit dem Kohlelaster immer über die Eiszeit hinweg. Schwarze Briketts, mit denen man Häuser hätte bauen können, sie purzelten durch das Fenster in unseren Keller. Ich vermisse in dieser Kohlenkammer immer den vierten Hund aus Andersens Feuerzeug, der die Kohlen bewachte. Aber weil ich kein Paulinchen war, suchte ich niemals danach. Eines Morgens führten Schneespuren unseren Blick vom Tor über den Hof bis hinter den Schuppen. Neuschnee war gefallen, es waren die einzigen menschlichen Spuren, neben den nächtlichen Häschen. Wer lief des Nachts über unseren Hof, während wir in unseren befeuerten Zimmern schliefen? Hinter dem Schuppen begann die Obstbaumwiese. Zu dieser Jahreszeit war sie ein weißer Spiegel und die Bäume mit kahlen Kronen nur ein Schatten ihrer selbst. Die Fußspuren führten zu ihrer Rechten noch eine säuberliche Fahrradspur bei sich. Unser geschulter Trapperblick verlor sich aber plötzlich ins Leere. Weiße Wolken in den Morgen atmend standen wir am Ende. Mitten auf der Wiese verloren sich die Spuren des nächtlichen Spaziergängers.

Ich gebe modischen Trittchen warmen Winterschuhen von jeher den Vorzug, deshalb muss ich an Tagen wie diesem stets frieren. Die Kälte betäubt meine Füße, macht sie gefühllos, stumpf, spröde. Auf eine gewisse Weise eise ich mich an Situationen. So kann ich niemals vor Unannehmlichkeiten fliehen, was ich grundsätzlich am liebsten täte. Falls es also doch einmal zu einer Flucht meinerseits kommt, haben die Probleme immer noch die Möglichkeit, Schritt zu halten. Früher oder später, es nützt wohl nichts, holen sie mich immer ein. Unpassendes Schuhwerk zeichnet meinen Lebensweg. Viel zu oft habe ich schon gefroren. Ich mach mich schön für dich und friere. Nur für dich. Heute müssen es die Zigaretten mit Filter tun. Meine Finger sind zu klamm für Selbstgedrehte. Eine für dich und eine für mich. Ich gebe uns Feuer. Ich erzähle und du hörst zu. Unsere Rollen sind klar verteilt. Wir verbreiten hier am Waldrand den heimeligen Tabakgeruch von damals. Mehr kann ich aus der Vergangenheit nicht mitbringen. Meine Zehen kann ich seit Langem nicht mehr spüren. Doch möchte ich den Augenblick nicht missen, der mein Herz wärmt. Selten bist du bei mir. Und wenn, dann nur unter widrigen Umständen. Vielleicht sollte es auch besser keiner sehen. Im Dorf wird viel geredet.

Wenn ich nach Hause komme, werde ich mir die Füße mit Johanniskraut einreiben, so wie du es damals für mich tatest, wenn meine Zehen wieder schliefen. Ich sehe, dass der Aschenbecher auf dem Granitrand deines Grabes bis oben gefüllt ist. Ich lasse deine letzte Zigarette herunterbrennen, nun ist die Zeit für mich gekommen zu gehen.

Als Großvater die tollwütigen Füchse vergrub, war er immer voll von Gram und Sorge. Ich stand still daneben und lernte. Seine wichtigste Lektion prägt mein Leben. *Verpflanze einen Baum, und er wird niemals wieder so gut gedeihen wie im heimatlichen Forst.*

Wiebke Hoffmann, 1988 in Winsen/Luhe geboren, absolvierte zunächst eine Ausbildung zur bekleidungstechnischen Assistentin und studiert jetzt Kunstwissenschaft und Germanistik in Kassel.

Daniel Kroiß

Nur Espresso für Monsieur Laroche

Nachdem ich einen Studienplatz bekommen hatte, suchte ich mir einen Nebenjob in einem kleinen Café in der Innenstadt. An meinem vierten Tag dort, einem Sonntag, setzte sich ein alter Mann an Tisch 13. Er war vermutlich weit über sechzig, hatte ein paar letzte graue Haare auf dem Kopf und machte einen grimmigen Eindruck. Er legte seinen Stock auf den freien Stuhl vor sich.

»Guten Morgen«, sagte ich. »Was kann ich Ihnen bringen?«

Er sah mich nicht an. Ich bemerkte, dass er außer seinem Stock noch eine Art Notizblock dabeihatte, den er nun auf den Tisch legte und aufschlug. Eine komplett weiße Seite. Er griff in seine Jackentasche und holte einen Stift heraus. Ich wusste nicht, was er vorhatte, deshalb wartete ich einen Augenblick; doch er blieb ruhig sitzen und tat nichts. Also fragte ich noch einmal: »Entschuldigung, mein Herr«, begann ich betont höflich, »was darf ich Ihnen bringen?«

»Geh zu deiner Kollegin und frag die«, sagte er mit tiefer Stimme; noch immer hatte er mich nicht angesehen.

»Siehst du den Mann dort drüben?«, fragte ich Manuela genervt an der Theke. »Der meint, ich solle dich fragen, was er trinken möchte.«

Manuela grinste. »Das ist der alte Herr Laroche. Aber so darfst du ihn auf keinen Fall nennen. Er ist Franzose und besteht darauf, dass man ihn *Monsieur* Laroche nennt. Am besten sprichst du ihn gar nicht an. Der ist jeden Sonntag hier, um elf Uhr, pünktlich. Trinkt einen Espresso, schwarz. Du darfst auf keinen Fall etwas dazulegen – keinen Zucker, keinen Keks, er bestellt nur den Espresso, mehr nicht, merk dir das.«

Und damit nahm Manuela ihr Tablett und bediente die Gäste an Tisch 8. Ich stand verwirrt an der Theke und drehte mich zu diesem unfreundlichen Mann um, der nun, da ich nicht mehr hinter ihm stand, auf seinem Block herumkritzelte. Ich schüttelte den Kopf und machte den Espresso – ohne Zucker, ohne Keks, einfach nur Espresso. Komischer Vogel.

»Ihr Espresso, Monsieur«, sagte ich und stellte die Tasse vor ihm auf den Tisch; er schenkte mir keine Beachtung. Nicht einmal danke sagte er. Nichts. Ich blieb kurz bei ihm stehen, er unterbrach das Zeichnen, ich konnte erkennen, dass er die Gebäude vor dem Café gezeichnet hatte, nicht schlecht, zugegebenermaßen. Dann ging ich zum Nachbartisch, an den sich zwei Frauen gesetzt hatten, und er zeichnete weiter.

Doch das, was mich am meisten an Monsieur Laroche verwirrte, bemerkte ich erst, als er bereits gegangen war. Ich hatte ihm die Rechnung wortlos hingelegt und dann kurz beobachtet, wie er seinen Stock griff, sich mit zittrigen Händen hochhievte, seinen Block wieder unter den freien Arm klemmte und das Café verließ. Auf der Rechnung lag das Geld, passend abgezählt. Ich konnte mich nicht erinnern, je einen so unfreundlichen Mann gesehen zu haben. Bis ich die Rechnung vom Tisch nahm und mir, gerade, als ich sie hinter der Theke in den Mülleimer werfen wollte, eine Zeichnung auf der Rückseite auffiel: eine junge Frau, langes Haar, ein Tablett in der Hand, ich. Ich betrachtete die Zeichnung lange und eingehend, er musste sie in wenigen Sekunden gezeichnet haben; ich hatte noch nie ein so schönes Bild von mir in der Hand gehalten.

Am darauf folgenden Sonntag saß er wieder am selben Tisch, pünktlich um elf Uhr.

»Du musst das nicht machen«, sagte Manuela, die gesehen hatte, wie mein Blick sich nicht von ihm lösen konnte.

»Doch, doch«, sagte ich hastig, »das ist schon in Ordnung.«

Schnell machte ich mich an der Espressomaschine zu schaffen. Ein Espresso, schwarz. Ohne alles, nur Espresso. Er saß am selben Tisch, schlug denselben Block auf, begann zu zeichnen.

»Ihr Espresso, Monsieur Laroche«, sagte ich, stellte die Tasse auf den Tisch und sah ihm über die Schulter. Sofort hörte er wieder auf zu zeichnen. Ich erkannte noch nicht sehr viel, wieder irgendwelche Häuser. Gespannt brachte ich ihm schließlich die Rechnung, ging wieder hinter die Theke und beobachtete ihn. Da winkte mir ein Mann von Tisch 15 zu. Er wolle einen Latte Macchiato, meinte er. »Schön«, sagte ich und beeilte mich, ihm seine Bestellung zu bringen. Doch der alte Mann war währenddessen längst aufgestanden, zittrig wie in der Woche zuvor, das Geld lag wieder auf den Cent genau abgezählt auf dem Tisch. Ich steckte es ein, nahm die Rechnung und drehte sie aufgeregt um. Ich stand vor dem Café, um mich herum waren mit feinen Strichen Regentropfen angedeutet, ich hielt einen Schirm, ich lächelte. Was war das nur für ein sonderbarer Mann?

Auch in den darauf folgenden Wochen kam er jeden Sonntagmorgen, pünktlich um elf. Ich hatte eine Rechnung, auf der ich in einem Bett lag, die Augen geschlossen, die Haare leicht verwuschelt. Auf einer anderen saß ich auf einer Bank und hatte eine Katze auf dem Arm, dann gab es eine, auf der ich in einen Zug stieg, mich umdrehte und zum Abschied winkte, und eine, das war mein Lieblingsbild, die mich in einem Hochzeitskleid zeigte, im Hintergrund ein kleines provenzalisches Haus aus groben Steinen mit einer wackeligen Holztür. Jede Woche wartete ich schon gespannt auf den nächsten Sonntag.

Einmal saß eine Frau an Tisch 13. Monsieur Laroche stellte sich neben den Tisch, ohne etwas zu sagen, er stand einfach nur da. Ich beobachtete ihn einige Zeit, bis die Frau fragte, ob es irgendein Problem gebe, sie möge es nicht, angestarrt zu werden. Monsieur Laroche zuckte mit den Schultern. »Das ist mein Tisch«, sagte er, als wäre es das Selbstverständlichste auf der Welt. Ich eilte hinzu. »Entschuldigung, der Herr hat hier reserviert«, sagte ich. Sie sehe kein Schild, meinte die Frau. Das müsse wohl heruntergefallen sein, log ich beschwichtigend. Das sei doch wohl die Höhe, entgegnete sie, dann solle er eben an einen anderen Tisch gehen! Sie sah den alten Mann verständnislos an. »Das ist mein Tisch«, sagte der bloß wieder. »Würde es Ihnen etwas ausmachen …?«, fragte ich und bat sie mit einer Handbewegung, sich an den Nebentisch zu setzen. Sie werde sich beschweren, meinte sie erbost, doch widerwillig nahm sie ihre Tasse und verließ den Tisch. Monsieur Laroche setzte sich und sah mir in die Augen. Es war das erste Mal, so glaubte ich, dass er mich direkt ansah; sein Gesichtsausdruck jedoch war griesgrämig wie immer.

Das war das letzte Mal, dass ich ihn gesehen hatte. Ein letztes Bild auf einer Rechnung, am nächsten Sonntag blieb sein Tisch leer. Ich fragte Manuela, doch natürlich wusste auch sie nicht, was mit ihm war. Als er auch in der darauf folgenden Woche nicht auftauchte, beschloss ich, ihn zu suchen. Am Sonntagabend gab ich »Monsieur Laroche« bei Google ein – tatsächlich dauerte es nicht lange, bis ich ihn fand, ein Künstlername, offenbar gab es keinen Vornamen. Geschätzt für seine expressionistischen Gemälde in den Sechziger- und Siebzigerjahren, dann ein Stilwechsel in die Bedeutungslosigkeit. Ich suchte weiter, fand seine Adresse. Er wohnte nicht weit vom Café entfernt.

Am nächsten Tag klingelte ich. Es dauerte eine Weile, bis er öffnete, doch er machte nicht den Eindruck, überrascht von meinem Besuch zu sein. Sofort fiel mir auf, dass er noch älter wirkte, ausgelaugt, erschöpft. Er hatte einen zweiten Stock, um sich zu stützen, die Wohnung war unordentlich, die Luft roch unangenehm abgestanden. Ich folgte ihm in einen Raum, der das Wohnzimmer sein musste; überall standen Bilder und Staffeleien, am Fenster hingen dichte Vorhänge, die kaum Licht durchließen. Das Sofa sah aus, als ob eine Suppe darauf ausgelaufen wäre, auf der Lehne hingen ungebügelte Hemden, einen Fernseher gab es nicht. Er setzte sich schwerfällig in einen Sessel, die Stöcke lehnte er daran an, dann sah er auf den Boden und schwieg. Ich ging im Raum herum, sah mir die Bilder an; fast auf jedem war eine junge Frau mit langen braunen Haaren zu sehen. Sie trug helle Kleider, tanzte durch ein Lavendelfeld, lag im Gras und betrachtete den Himmel, stand durchnässt am Ufer eines Flusses, hinter ihr prasselten Regentropfen ins Wasser, sie stand in einem Brautkleid vor einer kleinen Kirche, neben ihr ein gut aussehender Mann im Anzug. Die Bilder strahlten eine unbeschreibliche Wärme aus, die Frau wirkte glücklich. Und diese Frau war ich.

Über dem Sofa fiel mir ein Bild auf, ein Foto, schwarz-weiß. Ich drehte mich um, betrachtete noch einmal das Gemälde mit dem Brautpaar, dann wieder das Foto. Ich ging näher hin. Das war unglaublich.

»Claire«, sagte er, ohne mich anzusehen. Ihre langen Haare waren fast vollständig von einem Schleier verdeckt, sie musste in meinem Alter sein. Die Ähnlichkeit war verblüffend.

»Und das sind Sie, oder?«, fragte ich und deutete auf den jungen Mann neben ihr. Aber das wusste ich auch so.

In diesem Moment läutete es an der Tür. Da der alte Herr keine Anstrengungen unternahm aufzustehen, ging ich hin und öffnete.

»Guten Tag«, sagte ein Mann um die vierzig und reichte mir die Hand. »Er hat mir schon gesagt, dass Sie in Zukunft nach ihm sehen würden. Darf ich?« Er drängte sich an mir vorbei und ging ins Wohnzimmer. Ich schloss die Tür.

»Hallo Monsieur Laroche. Wie geht es Ihnen heute? Ah, immer noch nicht so gesprächig. Aber wenigstens sind Sie nicht mehr alleine, das ist gut.«

Er holte einige Instrumente aus seinem kleinen Koffer.

»Die Werte sind besser. Normal. Nicht gut, aber es könnte schlimmer sein. Viel trinken. Wasser. Achten Sie darauf, dass er keinen Kaffee mehr trinkt. Dann will ich mal wieder, ich muss noch ein paar Besuche machen. Sie sind die Enkeltochter?«

Ich sah den alten Mann im Sessel an, sein Blick war starr auf seine Bilder gerichtet.

»Die Enkeltochter«, antwortete ich. »Ich kümmere mich um ihn.«

Der Arzt nickte, schüttelte mir zum Abschied die Hand und ging.

Am nächsten Tag brachte ich eine Espressomaschine mit.

»Nur Espresso, schwarz«, sagte ich und in diesem Augenblick, ganz kurz nur, sah ich ihn zum ersten Mal lächeln.

Daniel Kroiß, 1988 in Groß-Gerau geboren, studiert Germanistik und Geschichte an der Johannes-Gutenberg-Universität Mainz. Bisherige Veröffentlichungen: Beiträge in: »Nagelprobe 25« (2008) und in »Hirngespinste« (Anthologie zum Stockstädter Literaturwettbewerb 2008/2009).

Markus Ladebeck

Herr Karlstein

Vorsorglich entleerte Georg Karlstein seinen Kopf von all den schwachsinnigen und in sich unschlüssigen Gedanken, die seinem Hirn entsprangen, welches mitsamt seiner erwähnten Hülle auf dem Küchentisch ruhte; dessen Rücken gebeugt war, die Füße zueinander gekehrt auf dem mit Holz versehenen Boden ruhten, die Hände zärtlich gefaltet ineinander gelegt waren und dessen Körper, gehemmt, wie seine Wenigkeit nun einmal war, insgesamt stark verkrümmt daherkam und ihn innerlich gleichsam starke Verkrampfungen – vor allem im Bereich des voluminösen Hirnes und des kleinen Magens –, plagten. Sobald sich die Verkrampfung in seinen Händen löste, hob Georg seinen schwarz behaarten Kopf und rieb mit den Fingerkuppen heftig an der Oberfläche des Tisches – die sich etwas porös anfühlte –, welcher trotz seiner vier Tischbeine auch bei leichtem Rütteln schon stark wackelte, weswegen seine Mutter unter eines der Beinchen einmal eine bereits benutzte Serviette geschoben hatte, die meistens einen rötlichen oder bläulichen Farbton besaß, um diesen somit zu stützen und vor dem Zusammenfallen zu bewahren, womit das Problem zumindest vorübergehend als gelöst erschien; obwohl Georg eher noch als dieser Umstand das Gegenteil zuweilen recht gewesen wäre, wie er gedanklich zu seinem großen Bedauern äußerst verspannt feststellen musste.

Er wendete seinen Kopf in Richtung des Fensters und zählte die am Glase herunterpurzelnden Wassertropfen, die ihn davon abhielten, nach draußen zu blicken, wo zaghaft wärmende Sonnenstrahlen den Boden streichelten und frech in von Jacken umschlungene Nacken krochen.

Georg wendete den Blick vom Fenster ab und der weißen Wand zu, die sich ihm gegenüber befand. Jetzt erst fiel ihm auf, wie körnig die Tapete der Wohnung seiner Eltern war, und er verspürte sofort ein sehr großes Verlangen, mit den Handflächen einmal über sie zu streichen, sie wie ein

Forschender zu ergründen und zu untersuchen. Er ließ jedoch von seinem Gedanken ab und verwarf ihn, faltete die Hände zum wiederholten Male – nun mit einer Festigkeit, die seine Handrücken weiß werden ließ – und setzte sie so auf dem Tisch ab, dass demjenigen, dem man einen Frontalanblick gestattet hätte, gewisse Symmetrien aufgefallen wären, die im starken oder besser gesagt und ohne übertreiben zu wollen, gewaltigen Widerspruch zu Georgs inneren Ordnungen stünden und somit konfus dahergekommen wären. Weswegen, das war ihm nicht bekannt, und er konnte es auch nicht wissen, da er zu viel nachdachte und sich dadurch nicht (mehr) auf die wesentlichen Dinge seines Lebens zu beziehen vermochte; wie schön und lieblich die Welt, die sonst trist und grau erschien, doch tatsächlich war, wenn man sie einmal aus einem einfacheren, weniger komplexen Blickwinkel betrachtete. Doch auch dazu war er nicht in der Lage, da sein Denken zu komplex und sein Gesprochenes zu verquer war und auch das, was er akustisch beinahe täglich wahrnahm, einen zu schwierigen Charakter besaß, als dass er ein glücklicher Mensch hätte sein können, dem auch die kleineren, wie bereits erwähnt einfacheren Dinge des Lebens eine Freude hätten bereiten können; sein Strickmuster verlief nicht einfach genug, als dass er in der Lage gewesen wäre, so etwas Ähnliches wie Glück zu verspüren oder manch andere Gefühle. Dies wiederum war ihm schmerzlich bewusst, sein Herz wurde ihm schwerer und die Seele kleiner.

Georg Karlstein wollte sich von seinem Platze erheben, doch er kam sich wie festgenagelt vor. »Zeit, die man nicht nutzt, reißt Wunden!«, kam es ihm plötzlich in den Sinn; auch in ihm klafften bereits Wunden ohne Aussicht auf Heilung. Sobald ihm dieser Spruch, der ihm vor langer Zeit einmal eingetrichtert worden war, einfiel, beschloss Georg, nun endgültig aufzustehen und das Weite zu suchen. Er schritt, ohne den Boden dabei wirklich zu berühren, ins Badezimmer, um sich kurzzeitig im Spiegel zu betrachten und sein Haar, das durch die vielen Wirbel auf seinem Kopf in alle Himmelsrichtungen zerstreut auf diesem lagen, wieder in Ordnung zu bringen.

Nachdem dies erledigt war, zog er sich im Ankleideraum um und schlüpfte in ansehnliche Kleider, während er die Nachbarn von allen Seiten und aus allen Stockwerken rufen hörte und sogar Streitigkeiten wahrnahm; er unterdrückte angestrengt sein momentbedingtes Bedürfnis danach, loszuprusten und lauthals zu lachen, das urplötzlich in ihm aufquoll, und glitt mit seinen Füßen in die Lackschuhe, die er vor Kurzem erst auf einem Jahrmarkt für wenig Geld – zwei, drei Groschen vielleicht – erstanden hatte und auf die er verhältnismäßig stolz war. Ausgehbereit rückte er noch seinen Stuhl, auf dem er vorher eine lange Zeit gesessen hatte, an den Tisch, zog seine Taschenuhr auf, ehe er sie in seiner Westentasche verschwinden ließ, schloss, nachdem er die Zweizimmerwohnung, in der er zumeist allein verharrte, durch die Haustür verlassen hatte, diese sicher ab, sodass ihm auch niemand hereinkommen und sich an seinen Kostbarkeiten vergreifen konnte und schritt stampfenden, doch leicht nervösen Schrittes nach draußen. Seine Augen schmerzten leicht, als sich Sonnenstrahlen in ihnen zu spiegeln suchten, woraufhin er sie einen Moment fest zusammenkniff.

Als er seine Äuglein wieder vorsichtig öffnete, um sie langsam an das grelle Licht zu gewöhnen, bemerkte er vor sich die vielbefahrene Straße und vor seinem geistigen Auge holde Frauengesichter. Ein dumpfes Lächeln konnte Georg Karlstein sich daraufhin nicht verkneifen, obschon sich das Stadtgeschehen seiner annahm und er in der Menge unterging.

Markus Ladebeck, 1993 geboren, ist Schüler und wohnt in Erlensee.

Kai Mertig

windmann geht die stürme küssen

die luft ist raus, sagt windmann, und dann steigt er in den wagen und schrammt knapp an den bäumen vorbei, es gelingt ihm wie einem überflieger, wie einem, der die jahre im griff hat, der jede kurve meistert und dafür auch noch preise bekommt. windmann nimmt die überholspur, aber er liegt nachts sechs stunden wach und starrt die decke an, weil er an eine frau denken muss, die er nie mehr wieder sehen wird. windmann fährt ans meer und ich fahre mit ihm, windmann baut sich ein zelt am strand und danach wischt er sich den schweiß von der stirn, windmann, den man aushalten muss auf seiner kleinen weltflucht.

im sommer fliegen die schwalben fort, er lallt es und lacht wie ein bösewicht in einem alten western. er ist kurz angekommen bei sich. zwei halbstarke stehen sich gegenüber und der eine von beiden zieht den colt. windmann fehlt nur ein hut irgendwie. ich kann ihn mir mit rabenschwarzem haar vorstellen und auch mit tiefrotem schottischen bart. *du sollst nicht meinen namen nennen*, er schaut herüber, dass ich es ihn fast sagen höre. windmann läuft mir gebohnertem kopf unter seinem himmel, seine augen sind von altrosa unterlaufen, aber sie bröckeln zwischen den lidern. überhaupt hat sein gesamtes gesicht etwas von einer verlassenen landschaft im osten europas: es weist grobe unebenheiten auf wie ein heimatloses feld, in das der frost einzog. mund und stirn sind unbeweglich, als wäre sein besitzer vor langer zeit ausgewandert. ich kann die karpaten erkennen und auch den böhmischen wald. direkt darunter am kinn kerbt sich eine breite narbe. don quijote denke ich, nicht der osten. sie ist so lebensnah und ausgewachsen, dass ich erschrecke. sie passt gar nicht hierher, sie leuchtet wie eine ampel in der haut, als müsse man vor ihr stehen bleiben, mitten im nichts.

in wahrheit sitzen wir jetzt irgendwo in italien. es ist schrecklich heiß hier, und über uns ist himmel, sehr seltsamer blauer himmel, und sehr viel davon. wir essen pizza in einer kleinen hütte am strand und der wind ist so nah, dass uns alles abhanden kommt. wenn morgen das finanzsystem zusammenbricht, dann laufe ich von bar zu bar und baue kartenhäuser bis die krise vorbei ist. ich weiß nicht, was er mir sagen will. cowboysprache. er als einer, der alles in den sand gesetzt hat und mit nassen taschen aufs meer blickt, reißt wieder einen schlechten witz. windmann dieser komische kauz, der jedesmal zaubern kann, wenn es sein muss und der immer ein bisschen blau ist, wenn er an den falschen stellen lacht. frag nicht, woher er kommt. da ist windmann und dort und immer macht er ein kleines kunststück. mit einem male sitzt er neben dir und du weißt nicht wie.

ich mache jetzt ein foto von ihm. mit der einen hand zückt er sein telefon, als wolle er einen zaubertrick aufführen, mit der anderen schiebt er sich ein stück pizza in den mund und schmatzt. er versucht, die frau anzurufen, an die er immer denken muss, sie sei schön hatte er mir auf der fahrt erzählt, so blonde haare und geile beine und dazwischen gar nicht schlecht, mit der könne man was anfangen. der cowboy braucht eine frau. ich trinke einen schluck. ich trinke fanta, weil windmann becks trinkt und zwei pupillen in den augen hat, die klein und gefährlich aussehen. er wartet, dass am anderen ende jemand den hörer abnimmt, wartet auf die geilen beine und die blonden haare und auf den mund, der so schön italienisch sprechen kann. es klingelt, aber am anderen ende nimmt keiner ab. *du sollst nicht meinen namen nennen.* windmann weiß nicht wie ihm geschieht, er wird rot, zittert am kinn und weint, springt auf und lässt mich sitzen an einem ort, den wir beide nicht kennen.

ich gehe zum zelt und warte auf ihn, aber keiner kommt, don quijote greift gerade die windmühlen an. don quijote hat viele geschichten: er liegt nachts im bett und starrt die decke an, fliegt mit einem auto über die alpen, und hofft dann, dass sich eine frau einfach auf seine schulter setzt. und wenn es schief geht, dann schießt er sie eben auf den mond. die rakete ist abgeschossen. die augen sind klein. *paradiesvögel fängt man nicht ein,* windmann sowas sieht dir ähnlich. ich wünsche dir ein haus und eine hochzeit und auf der feier danach den härtesten schnaps, den du auftreiben kannst. jedenfalls kein campingzelt, keine leeren blicke aufs meer, keine fanta aus der dose und erst recht keinen schlechten colt. windmann, mir wird jedesmal schlecht von deinen abenteuern und ich will im süden keine pizza mehr essen. ich will zu hause sitzen in unserm garten und limonade trinken, die kalt ist.

wenn du zurückkommst, fahren wir heim.

Kai Mertig, 1987 in Chemnitz geboren, studiert Literaturwissenschaft und Philosophie an der Universität Erfurt. 2008 gründete er die Literaturzeitschrift »wortwuchs«. Veröffentlichungen: Beitrag in der 20. und 24. Anthologie zum »Treffen Junger Autoren« (2005 und 2009); Lyrikband »Zwischen den Lippen. Zeile um Zeile – Gedichte aus vier Jahren« (Verlag Meerane, 2006); Beitrag in »Nagelprobe 26« (2009) sowie verschiedene Veröffentlichungen in Literaturzeitschriften. Preise: 1. Jurypreis Literaturwettbewerb »was mich bewegt« (Chemnitz 2009); 1. Jurypreis Eobanus-Hessus-Schreibwettbewerb (Erfurt 2009).

Katrin Pitz

Dunkelblau, nachtschwarz

Du sitzt an deinem Platz und siehst zu, wie der Wind unsichtbaren Kindern Schwung gibt. Du wärst bereit nachzuhelfen, wenn der Wind nicht mehr ausreichen würde. Denn du, du bist einer, auf den man sich verlassen kann. Du würdest aufstehen, hingehen und einen Schubs geben. Dann würdest du wieder ein wenig Abstand halten und leise und ohne zu stören weiter zuschauen, wie die Kinder schaukeln. Doch sie müssen leicht sein, denn deine Hilfe wurde bisher nicht benötigt. Nicht einmal, seitdem du ohne Mia herkommst.

Am Frühstückstisch wird der Urlaub für nächsten Sommer geplant. Mutter ist für Meer, wie jedes Jahr. Ja, Meer, wieder der gleiche Ort, immerhin hat man sich schon daran gewöhnt, weiß man, wo man Brötchen kaufen kann, meint auch Vater. Er verspricht, aktuelle Prospekte aus dem Reisebüro zu holen, eine nette Ferienwohnung auszusuchen und zu buchen. Er wisse ja, worauf er achten solle, wie jedes Jahr eben. Keiner sagt: eine kleinere Wohnung vielleicht, dieses Jahr. Man freut sich auf den Wind und fangfrischen Fisch. Mutter fragt, ob der Plan für alle in Ordnung sei und Vater klappert zu laut, als er die Müslischalen in die Spülmaschine räumt.

Du hast ihn gerettet, Mias Bären. Du hast ihn aus dem Karton herausgeholt, den sie mit »Bettzeug« beschriftet hatten. Empört hast du dich, wenn auch nur kurz und stumm. Den Bären zum Bettzeug stecken und auf den Dachboden tragen, als ob man das machen könne. Du hast dich um ihn gekümmert, wie man sich um einen kümmern muss, der übrig bleibt. Du hast überlegt, wo er sich wohlfühlen könnte. Dann hast du überlegt, ob du ihn verstecken solltest. Also hast du ihn in die Schublade unter deinem Bett gelegt, in die Mutter nie schaut, wenn sie prüft, ob du aufgeräumt hast. Deinen alten Bären hast du dazugelegt. Dann hast du die Schublade schnell zugeschoben, weil du nicht lange hinsehen konntest: dein viel abgeliebter Bär und ihrer, der den Vorsprung nicht einholen wird. Trotzdem ziehst du die Schublade jeden Abend wieder auf. Du nimmst ihn mit, Mias Bären. Er hat einen Platz auf der Bank vor dem Spielplatz, wie du. Du nimmst ihn an die Hand, wenn du aus dem Haus gehst und wenn du zurückkommst. Er trifft nicht auf die Stufen, wenn du ihn barfüßig auf der Treppe hinter dir herziehst. Denn du, du bist zu groß für Bären an der Hand. Das Geräusch, das seine kalte Nase machte, wenn sie aufs Holz schlug und das sich doch nie nach Wehtun angehört hat, fehlt nun meistens. Aber manchmal, wenn du dir sicher bist, dass sie fest schlafen, traust du dich, ein wenig in die Knie zu gehen und dann ist es wieder da.

Nach der Schule wird nach Wünschen für den Geburtstag gefragt. Mutter hält einen Zettel und einen Stift bereit, wartet auf Buchtitel, Spielenamen, Lieblingsmarken. Mit Bären rechnet sie nicht, aber so etwas traut man sich in dem Alter ja auch nicht mehr zu wünschen. Vater bietet an: eine Feier zu Hause, im Schwimmbad, im Freizeitpark. Freizeitpark fände er eine besonders gute Idee, so wie der Nachbarsjunge das letztes Jahr gemacht habe, viel Spaß und so. Ob das nicht ein Plan sei, fragt Vater und schaut nicht auf von dem Werbeheft des Parks, das vor ihm auf dem Tisch liegt.

Einmal hast du rote Lichter im Gestrüpp an der Ecke gesehen, an der ersten Ecke auf deinem nächtlichen Weg zum Spielplatz. Du hast an einen Unfall gedacht. Du hast an ein Holzkreuz, an Fotos und an Kerzen in roten Hüllen gedacht. Du hast nicht weitergehen wollen und es dir bloß der Treue wegen anders überlegt. Denn du, du bist einer, auf den man sich verlassen kann. Du hast Mias Bären unter dein Schlafanzugoberteil gesteckt und dich gefühlt wie eine der Mütter, die ihre Kinder vorm Bauch tragen und wie eine der Mütter, die ihre Kinder manchmal nicht hinsehen lassen. Du bist weitergegangen und hast gesehen, dass es nur Baustellenlichter waren. Du hast gesehen, wie sie noch am Absperrungszaun hingen und hast dich gefragt, ob der Zaun umgefallen ist oder umgeworfen wurde. Du hast dich gefragt, was hier gebaut werden sollte. Und du hast dich empört, wenn auch nur kurz und stumm. Ein so warmes, so tröstendes Licht für eine Baustelle, als ob man das machen könne.

Als Vater später nach Hause kommt, wird über Holzsorten diskutiert. Er hat Muster aus dem Baumarkt mitgebracht. Mutter beschaut und befühlt sorgsam. Ja, man habe jetzt alle Möglichkeiten, könne Gästezimmer, Arbeitszimmer, Hobbyraum draus machen, meint sie. Vater versichert: Bald sind alle Kartons weggeräumt, dann Renovierung, auf jeden Fall ein schöner Holzfußboden. Mit einem Glas Sekt wird auf den Plan angestoßen.

Du hast ein Buch dabei. Du sammelst die Farben des Himmels über deinem Platz. Du hast Rahmen gezogen, auf jeder der linierten Seite einen. Mutter hatte dir das Buch zum Hausaufgabennotieren gekauft, doch du, du kannst dir Dinge im Kopf merken. Jedes Mal schreibst du ein Datum an den Rahmen und hältst das Buch gegen den Himmel, dass er abfärbe. Vielleicht erwischt du manchmal ein unsichtbares Kind und hältst auch das fest in deinem Buch. Es ist ein Tagebuch. Denn Tagebuch führt man, um sich zu erinnern, hat Mia gesagt. Und Mia hatte eins, obwohl sie noch gar nicht schreiben konnte. Sie hat reingemalt mit bunten Stiften. Wenn man sich nicht Mühe gab, hatte man keine Ahnung, woran sie sich damit erinnern wollte. Doch du, du bist einer, der aufpasst und sich Mühe gibt. Du sammelst die Farben wie Mia. Du siehst täglich, wie dunkelblau nachtschwarz wird.

Katrin Pitz, 1989 in Marburg-Wehrda geboren, studiert Maschinenbau an der TU Darmstadt. Bisherige Veröffentlichungen: Beiträge in: »Hinter der Stirn« und »Während du wegsiehst« (Anthologien zum »Treffen Junger Autoren« 2004 und 2008); »Seltsam?« und »Gegenüber« (Anthologien der Jugendliteraturwerkstatt Graz 2006 und 2007), »Destillate« des Literaturlabors Wolfenbüttel (2007) sowie in »Nagelprobe 23« (2006), »Nagelprobe 24« (2007), »Nagelprobe 25« (2008) und »Nagelprobe 26« (2009).

Markus Sehl

Norway III

Wenn draußen auf dem Parkplatz die hohen Flutlichter flackernd angehen, denke ich oft an Manni. Hinter dem Lärmschutzwall rauscht unsichtbar der Verkehr. Auch nachts noch. Ich schaue gegen die Zimmerdecke und die aufgeklebten Sterne, die jetzt hellgrün leuchten. Abmachen darf ich die nicht, dabei hätte ich viel lieber das Poster von *Meat Loaf* aufgehängt, das mir Manni zum Geburtstag geschenkt hat. Aber wir dürfen nichts verändern. An meinem Hochbett ist immer noch eine Holzrutsche angebracht und an ihrem Ende wartet ein kleines Kissen zum Draufrutschen. Unser Haus wird von jungen Familien oder jungen Paaren mit Familienwunschgedanken besucht und die wollen Rutschen sehen, und aufgeklebte Sterne und kleine Kissen. Der Verkehr ist so laut, weil wir verkehrsgünstig wohnen.

Unser klassisches Einfamilienhaus ist modern, hell und lichtdurchflutet, großzügig und trotzdem funktionell geplant. Die Küche hat einen direkten Zugang auf die Terrasse, die optisch durch eine Pergola aufgewertet wird. Der imposante Baukörper mit hohem Kniestock lebt von einer abwechslungsreichen Farbgestaltung. Dominant setzt der weite Quergiebel mit seiner großzügigen Verglasung den architektonischen Akzent. Er erweitert und gestaltet den Wohnraum und bietet zugleich einen besonderen Erlebnisbereich.

Ich sitze im Erlebnisbereich. Von dort kann man durch die hohen Fenster auf den Rasen sehen. Dahinter fängt der weite Parkplatz an. Er hat unsere Jugend abgesteckt. Dort sind wir früher abwechselnd auf dem Skateboard von Manni über den Asphalt gefahren. Wir haben uns gegenseitig unsere blutigen Knie gezeigt, um zu sehen, wer am Kiosk eine gemischte Tüte spendiert. Später hat uns sein großer Bruder mit dem alten Fiat auf dem Skateboard hinter sich hergezogen. Manni war mit seinen Füßen auf dem Brett festgewachsen und parierte alle Kurven. Mit beiden Händen hielt er sich am Sitzbrett einer alten Kinderschaukel fest. Manni war so alt wie ich und wollte Wasserskifahrer werden. Deshalb trainierten wir jeden Tag mit seinem Bruder auf dem Parkplatz. Manni das Wasserskifahren und sein Bruder das Autofahren. Deshalb konnten wir auch nie den Parkplatz verlassen.

Ich saß gerne auf dem Beifahrersitz. Mannis Bruder drehte das Autoradio auf. *Meat Loaf, Bat out of Hell.* Wir streckten unsere Fäuste aus dem Fenster und feuerten Manni an. Dann wünschte ich mir auch so einen Bruder, aber in unserem Einfamilienhaus ist nur ein Kinder-/Jugendzimmer vorgesehen.

Wenn wir die Mitte des Parkplatzes erreichten und ein wenig die Augen zusammenkniffen, dann konnte man die weißen Häuser am Rand schon nicht mehr sehen. Nur noch das Rauschen von der Autobahn. Wie das Meer, schrie Manni. Und die nassen Krähen über uns waren Möwen.

Manni war echt. Sein Bruder und ich wussten das, und deshalb ist der Bruder auch immer vorsichtig gefahren. Wenn Manni wissen wollte, wie schnell wir mit ihm gefahren sind, rechnete sein Bruder zehn Stundenkilometer dazu.

Irgendwann begann meine Mutter dem Leben nicht mehr zu trauen. Sie ließ alles herunterfallen, als wollte sie überprüfen, was in unserem Haus überhaupt noch zerbrechlich ist. Einmal habe ich sie beobachtet, als sie die Terrassentür öffnete und einen unserer Guten-Morgen-Becher mit einer ausholenden Armbewegung wegschleuderte. Ich stellte mich neben sie und wir warteten auf den Aufschlag. Siehst du, sagte sie nach einer Weile, hier kann nichts passieren.

Als wir damals eingezogen sind, hat mein Vater gesagt, dass das nur vorübergehend sei. Aber in so einem tollen Haus zu wohnen, für den Preis. Wir packen donnerstags unsere Sachen, weil am Wochenende fremde Leute unser Haus besichtigen. Meine Eltern und ich fahren dann Freitag bis Sonntag über die Zeit von elf bis achtzehn Uhr zu den Großeltern meines Vaters.

Meine Mutter fragt ihn schon lange nicht mehr, wann das vorübergehend vorbei sei. Und ob danach überhaupt noch etwas kommt. Ob das ein andauerndes Vorübergehen sei.

Aber wenn er abends nach Hause kommt, dann tritt sie ihm schon im Flur wuchtig gegen das Schienbein. Das geschieht völlig wortlos. Vielleicht versichern sie sich so gegenseitig, dass sie noch da sind. Ihr Fuß spürt einen festen Widerstand. Etwas das da ist. Mein Vater hängt seinen Mantel an die Garderobe und fragt, ob jemand angerufen habe. Vielleicht fühlt er den Schmerz nicht mehr. Vielleicht ist er schon ausgehärtet.

Am liebsten habe ich mich mit Manni getroffen. Die anderen aus der Schule waren immer sehr aufgeregt, wenn ich sie zu uns nach Hause einlud. Sie mussten alles in die Hand nehmen. Ob das wirklich aus Papier sei. Dass man die Regler an der Stereoanlage nicht drehen kann und die Bücher keine Seiten haben. Ich musste ihnen das goldbraune Plastikhähnchen im Backofen zeigen und sie vorsichtig mit ihren kleinen Zähnen in die harten Früchte auf dem Esstisch beißen lassen.

Unser Haus heißt *Norway III*. Gegenüber steht *Norway II*. Das ist ein bisschen größer als unseres und hat einen Carport am Haus. *Norway I* gibt es nicht mehr, das ist aus dem Programm genommen. Dort hat früher die Familie von Manni gewohnt.

Für uns war klar, sobald wir aus der Schule raus sind und Mannis Bruder den Führerschein hat, wollten wir zu dritt mit dem Fiat abhauen. Bordeaux, sagten wir. Weil sich das weit anhörte. Bremerhaven, sagte Mannis Bruder. Weil ihm der Fiat gehörte. Manni sagte, erst mal Bremerhaven, und zwinkerte mir zu.

Dort, wo er mit seiner Familie gewohnt hat, steht jetzt *Sailing West I*. Manni ist überfahren worden. Da bin ich mir sicher. Das kommt daher, dass wir so verkehrsgünstig gelegen sind. Um morgens zur Schule zu kommen, müssen wir bei Bad Vilbel die Autobahn 5 überqueren. Im Dunkeln rennen wir mit unseren schweren Ranzen und den reflektierenden Plastikbärenanhängern über die Fahrbahn.

Ich habe auf der anderen Seite gewartet, aber er kam nicht. Über den Lärmschutzwall kann man nur die Flutlichter vom Parkplatz sehen.

Seitdem habe ich auch Mannis Bruder und seinen Fiat nicht mehr gesehen. Vielleicht hat er jetzt den Führerschein. Ich habe in Bremerhaven angerufen. Dort hat niemand einen Wasserskifahrer gesehen. In Bordeaux habe ich nicht angerufen. Meine Mutter sagt, hier bei uns ist nichts echt. Da stirbt auch niemand.

Markus Sehl, 1986 in Darmstadt geboren, studiert Rechtswissenschaft in Freiburg im Breisgau. Bisherige Auszeichnungen und Veröffentlichungen (Auswahl): Bundespreisträger »Treffen Junger Autoren« (2006); Beiträge in: »Nagelprobe 24« (2007), »Nagelprobe 25« (2008) und »Nagelprobe 26« (2009), in der Anthologie »Ganz nah gegenüber« (2007), in »L. – Der Literaturbote« und auf »Zuender«, dem Jugendableger von »Zeit Online«.

Christian Wöllecke

Ruhestörung

Es ist schön, allein auf die Bahn zu warten. Der Blick wandert unbestimmt umher, tastet Werbeplakate ab, mustert wartende Fahrgäste. Dann eine Art Sehstörung, ein schwarzhaariger Kopf, Lippen, Augen, Nase, Anita.

»Sag mal, hat dich Jenny auch auf ihre Einweihungsfeier eingeladen?«

Da war was.

»Ist auch ihr Geburtstag, naja, egal, du kennst sie doch, oder?« Anitas Hand liegt selbstzufrieden, schwer und etwas triumphal auf meiner Schulter. »Das lässt du dir doch nicht entgehen?«

»Hallo«, sage ich und schweige dann, während ich intensiv in die Ferne der Straßenbahngleise starre. Glücklicherweise gilt Sprachlosigkeit bei dieser Sorte von Mensch gemeinhin als Zustimmung.

»Wir müssen etwas mitbringen. Gott sei Dank habe ich dran gedacht. Ist das kalt heute, ist dir nicht kalt?«

Leere Gleise. Neben uns taumelt ein Punker ins Wartehäuschen und lehnte sich an die Scheibe. Angewidert sieht Anita den Punker an, dreht sich zu mir. »Ich habe Likör gekauft. Mit Moccageschmack.«

Ich lenke meinen Blick von den Gleisen auf den Punker. Vielleicht kotzt er ihr auf die braunen Stiefel mit Fellbesatz. Dann wäre der Abend gerettet. In sich gekehrt lehnt er an seiner Glasscheibe, fast schon meditativ beginnt er zu rutschen und knallt mit seinem Hintern auf das Natursteinpflaster des Wartebereichs. Sein Kopf schlägt gegen das Glas, die Flaschen in seinem Rucksack geben ein schmetterndes Intermezzo. Anita reißt die Augen auf und fährt zu ihm herum. Sie starrt mit ehrlichem Interesse und übertriebenem Ekel. »Schau mal«, flüstert sie, »der ist hingefallen.«

So als könnte der Punker aufspringen, sich die Jacke zurechtrücken und dann ausrufen: »Recht so, junge Frau. Und das war ganz in meinem Sinne.«

Das Geräusch der einfahrenden Bahn überdeckt in angenehmer Weise Anitas schrille Stimme. »Wir müssen ihm helfen.«
Ich grinse. »Der schläft den Schlaf der Gerechten.«
»Du bist voll zynisch.«
Wo sie das Wort nur wieder her hat.
»Was willst du denn machen? Ihn mit zu Jenny nehmen?«
»Natürlich nicht. Ich sage ja auch nur, dass man ihm helfen muss.«
Ich winke ab und steige in die Bahn. Anita trippelt mir hinterher.
»Na dann nicht. Es ist ja auch nicht so kalt, was? Hauptsache Jenny hat Glühwein gekauft.«
In der Straßenbahn riecht es schon wieder so nach Fusel.
»Jenny kann dem Typen ja Glühwein einflößen.«
»Was?«, fragt sie beinahe schreiend.
»Ach nichts.«
»Haha, ich hab dich nicht verstanden. Sag doch noch mal.«
»Nein.«
»Bitte!«
»Nein.«
»Jetzt bist du eingeschnappt.«
»Nein.«
»Fahrscheinkontrolle!« Die Kontrolleure arbeiten sich von beiden Seiten an uns heran. Ich krame eine Weile herum und halte dem ungeduldigen Kontrolleur meinen Fahrschein unter die Nase. Anita wühlt ebenfalls. Allerdings deutlich verzweifelter. »Wo ist er nur?«
Ich schaue aus dem Fenster. Die Kontrolleure stehen nun zu zweit vor Anita. »Junge Frau haben sie nun einen Fahrschein?«
»Ja sicher doch. Lutz, ich glaube ich habe meinen Fahrschein vergessen.«
Ich schaue weiter aus dem Fenster.
»Nächste Haltestelle: Hufelandstraße.«
»Lutz? Sag den Herren doch, dass ich einen Ausweis habe.«

Die Bahn wird langsamer und ich mache mir einen Spaß daraus, meinen Körper nach vorn fallen zu lassen.

»Nun steigen Sie mal schön aus mit uns.«

»Lutz? Wir müssen aussteigen, hast du nicht gehört?«

Vorne wird ein Platz frei. Endlich sitzen.

»Lutz? Was soll …?«

Im roten Licht schließt die Tür. Drei Stationen Ruhe bis zur U-Bahn. Mein Handy vibriert ohne Unterlass. Und ich muss lächeln.

Christian Wöllecke, 1984 in Radebeul (Sachsen) geboren, studiert Allgemeine und Vergleichende Literaturwissenschaft und Philosophie an der Freien Universität Berlin. Veröffentlichungen: Beiträge in »Wortwuchs – Journal für junge Literatur Erfurt« (Heft 3) sowie »Rausch und Raserei«.

Autorenwerkstatt

Johannes Fischer

Vom Nichtfinden

Ich schreibe holprig auf Butterbrotpapier:

da vorne in der geländerstange,

da bist du.
 und da, ganz da hinten, in dem zerknickten pappbecher in der gosse,

da bist du auch.
 oben, über unseren köpfen, die dreckgraue watte,

das bist du.
 in der nuss, die ich in der hand halte und nicht esse,

bist du.
 das rote auto mit dem verbeulten kotflügel,

jede delle,
 bist du.

in der u-bahn.
 irgendjemand wird schon dein lachen lachen.
 auf der straße.
 irgendjemand wird schon deine farbe tragen.

jeder baum versteckt dich in sich.
 jeder gedanke an dich versteckt mich in sich.

aus dem duschkopf regnest du.

links warm, rechts kalt.in dem brötchen,
 das ich heute morgen nicht aß –

bist du,
 wohnst zwischen käse und schinken.

meine schreibtischlampe schaut mich besorgt an,
 mit deinen augen.
 der verschimmelte teller in der küche

hätte vielleicht dein lachen,

hat nur deine haare

ich mache keinen Punkt, lege den Filzstift zur Seite, sitze einen Moment still, knistere mit dem milchigfesten Papier und beginne damit, mir das Geschriebene zu erklären ...

Johannes Fischer, 1988 in Alsfeld geboren, absolviert seit 2008 eine Ausbildung zum Buchhändler.

Felix Kracke

Sie und Kasper und ihr Vater

Hell, dunkler, schwarz. So lange sie sich erinnern konnte, drehte sich ihr Leben einzig und allein um diese drei Abstufungen des Lichts. So lange sie sich erinnern konnte, hoffte sie, das Helle möge ihr erhalten bleiben, flehte sie, es möge noch etwas nachbrennen, ehe das Dunkel über sie hereinbrach, sie innig umschloss, in jede Pore eindrang und Raum schaffte für das vereinnahmende, ohnmächtige Schwarz.

Anfangs hat sie noch versucht, die Sekunden zu zählen und zu schauen, wie lange es brauchen würde, um einen Raum seiner Unbeschwertheit zu berauben. Dann saß sie da auf ihrem heruntergekommenen Hocker, konzentrierte sich mit aller Kraft, um sich keine Ungenauigkeit zu erlauben, hielt sich beide Hände deutlich vor Augen und zählte an den Fingern ab. Je nach Situation kam sie auf acht bis neun Finger und hoffte stets, es käme auch noch der zehnte hinzu.

Das wären dann zehn Sekunden bis Schwarz.

Manchmal nahm sie auch Kasper hinzu, ihre schäbige Handpuppe mit der dummen Mütze, weil sie dann mehr Finger zum Zählen hatte. Fünfzehn insgesamt, anhand derer die Zeit bis Schwarz gemessen werden konnte. Nötig waren diese nie, weil es ja immer und immer wieder höchstens acht bis neun waren. Es dauert acht oder neun Finger, um aufzustehen, sich einmal kurz umzuschauen, das Licht zu löschen und die Wohnungstür von außen ins Schloss fallen zu lassen. Warum dann das Licht gelöscht werden musste, hat sie nie verstanden. Bis heute fragt sie sich, wie es denn sein kann, so etwas zu tun, wenn da doch noch jemand sitzt, in der Ecke, auf dem Hocker, mit dem Kasper in der Hand und nicht möchte, dass das Licht gelöscht wird.

Irgendwann fing sie meistens an, sich mit Kasper zu unterhalten und ihm Geschichten zu erzählen. Schöne Geschichten mit tapferen Menschen, die eine Seereise unternahmen, unterwegs Abenteuer erlebten, oder mit Menschen, die ins Weltall flogen. Sie hatte einmal gehört, dass das ginge und dass es Menschen gebe, die so etwas machten. Kasper nickte dann wissbegierig und forderte sie auf, weiterzusprechen. Na gut, raunte sie öfter und setze wieder an. In ihren Erzählungen war es ganz einfach, sich in so ein großes Flugschiff, wie sie es nannte, zu setzen und die Erde zu verlassen. Nur tapfer und mutig müsse man dafür sein, das sei ganz klar. Damit könne Kasper selbstverständlich nichts anfangen, meinte sie, tapfer und mutig seien nur kleine Mädchen wie sie selbst, nicht aber schäbige Handpuppen mit dummen Mützen, das ginge nicht. Kasper war dann ein bisschen traurig, klingelte enttäuscht mit seinem Glöckchen und wollte fürs Erste keine Geschichte mehr hören.

Wenn Kasper keine Fragen mehr stellte, war es still. Still und schwarz. Doch man konnte sich die Zeit damit vertreiben, ein paar neue Gesprächspartner aufzutreiben und ihnen Namen zu geben. Leonore, das Sofa etwa. Genau genommen war Leonore gar kein richtiges Sofa, eher eine Ansammlung von alten Decken mit ein paar Kissen. Nicht wirklich schön anzuschauen, aber doch bequem, wenn man es darauf anlegte. Leonore sagte meist nicht viel. Leonore war niemand, mit dem man gerne Zeit verbrachte, ein unangenehmer Zeitgenosse. So wie diese Kinder, die bloß in der Ecke stehen und einen beobachten. Dabei dann keine Miene verziehen oder einmal unruhig werden, geschweige denn einen Laut von sich geben, bloß gucken. So war auch Leonore, kein guter Gesprächspartner, einfach nur da. Von dem Hocker in der Ecke bis zu Leonore dauerte es vier Finger, drei, wenn man Kasper dabei hat, der einen in der Dunkelheit beschützt. Sie ist diesen Weg nicht häufig gegangen, man könnte stürzen, und überhaupt lohnte es sich ja gar nicht, zu jemandem zu gehen, der nicht sprechen mag. Wenn sie doch nur an den Lichtschalter kommen würde, dachte sie, sogar auf dem Hocker balancierend hat sie es schon versucht. Dann ist sie hingefallen, hat sich blutig geschürft und angefangen zu weinen. Bis es wieder hell wurde und ihr Vater sie fand.

Nicht häufig findet ihr Vater sie so. Meistens schläft sie einfach auf ihrem Hocker, aufrecht sitzend, geschafft von den Aufgaben des Dunkels, und wacht erst auf von den Geräuschen des heimkehrenden Vater. Das Licht der kleinen Lampe dringt in den Raum, die schwere Tür knarrt und ächzt beim Öffnen und er sinkt zu Boden. Kauert sich an den massiven Holzrahmen, vergräbt das Gesicht in den Händen und wimmert in sich hinein. Fast wie ein Kind liegt er dann dort am Boden, versucht es zu verbergen, aber ist doch so hilflos und einsam, als hätte ihn einfach jemand an der Türschwelle vergessen. Sie nimmt dann immer den Kasper zur Hand, wischt ihm den Staub von der Mütze und legt ihn in den Schoß ihres Vaters, der sich liebevoll um ihn kümmert. Das sind die hellen Zeiten, in denen man sich braucht und füreinander da ist. Sie und Kasper und ihr Vater.

Sie reden kaum. Warum Mama nicht mehr nach Hause kommt, warum es dröhnt in der Luft, was Hubschrauber sind, ob die ins Weltall fliegen, warum Papa seit Kurzem nicht mehr so gut laufen kann wie früher und warum es immer schwarz sein muss, hier im Haus, in der Einsamkeit.

Wenn dann wieder nur der Kasper da ist, versucht sie, zu fragen und etwas in Erfahrung zu bringen, über die Zeit davor. Es muss doch eine Zeit vor hell, dunkler, schwarz gegeben haben, denkt sie, eine Zeit, in der man nicht an den Fingern zählen musste und nicht allein blieb mit der Leonore, die ja eh nichts erzählen mag und stattdessen nur schaut und auch gar kein richtiges Sofa ist, das müsste es doch gegeben haben. Wo man selbst am Türrahmen saß, im Schein einer grellen Lampe bei Nacht und in den Arm genommen wurde, weil einem gerade etwas schwermütig ums Herz war und dann jemand kam, der keine Angst hatte und sagte, das ginge vorüber. Kasper hatte für all diese Fragen nie Verständnis, klingelte noch nicht einmal mit seinem Glöckchen und war in diesen Momenten überhaupt selten gesprächig, schaut einen bloß an. Als Puppe muss es doch einfach sein, wenn man nur dort sitzen und keine Miene verziehen kann.

Dann sitzt man einfach da, grinst vielleicht – je nach Machart –, und das war's.

Wäre man doch nur eine Puppe, dann wäre alles so viel leichter, dann müsste man auch nicht hier sitzen bleiben und warten. Man würde mitgenommen werden, nach draußen vor die Tür, und könnte sehen, was passiert, denn man wäre ja nur eine alte, dumme Stoffpuppe, die niemanden stört und um die keiner Angst hätte.

Ihr Vater will sie nicht mitnehmen nach draußen. Er sagt, dass sie dann vielleicht auch bald nicht mehr so richtig laufen könne, so wie ihr Vater, und dass das ja keiner wolle, denn laufen gefällt ihr sehr, und sie ist froh, nicht der Kasper zu sein, der keine Beine hat. Manchmal stellt sie sich vor, ganz schnell laufen zu können, so schnell wie der allerschnellste Mensch auf der ganzen Welt. Wie schnell der wohl war? Ob er es schaffen würde, vom Stuhl aus die Leonore hinter sich zu lassen, weiterzuhetzen zur Küche, wo einmal der schöne Teppich lag, vorbei an der Ecke, da abzuschlagen und das Ganze in nur drei Fingern?

Eine gute Frage, die sie noch eine ganze Weile beschäftigte. Jemand, der das vermöchte, müsste ungeheuer beliebt sein. So wie diese Menschen, von denen ihr Vater erzählte, die so beliebt sind, dass ganz viele Menschen kommen, nur um ihnen das zu sagen und dann alle fröhlich sind, weil dieser Mensch da ist. Bald können wir uns diese Menschen angucken, hatte der Vater einmal gesagt, als er noch richtig laufen konnte, weil du bald nicht mehr im Dunkeln bleiben musst, meinte er und wir dann gemeinsam rausgehen können, ohne dass es dröhnt in der Luft und ohne, dass du still sein musst, wenn ich nicht da bin, und dann könnten sie gemeinsam auf die Straße gehen, sagte er, oder in eine Teestube, wo ein Fernseher läuft und die beliebten Menschen zeigt.

Bald könnten sie das machen, doch bis dahin kann man nur dort sitzen, auf dem Hocker, in der Dunkelheit und zählen und hoffen und immer wieder zählen und hoffen.

Felix Kracke, *1990 in Hamburg geboren, machte 2009 Abitur am Leopoldinum Gymnasium in Detmold. Seit September 2009 Freiwilliges Soziales Jahr Kultur am Schauspiel Frankfurt, Bereich Theaterpädagogik. In der Vergangenheit Theaterarbeit als Schauspieler und Regisseur in freien Gruppen, dem Landestheater Detmold und Theaterfestivals. Praktika und Fortbildungen an der Hochschule für Musik und Theater Hannover, Schultheater der Länder Hamburg, Bundestreffen Jugendclubs an Theatern Krefeld. Eingeladen zum »Schreibzimmer 2009« und dem »open writing 2009« im Literaturhaus Frankfurt.*

Florian Liesegang

Pilze gucken

IV

Als die Sirenen gingen, nickten wir knapp und griffen zur Tür.
   Jetzt also.

In den Straßen drängte schon ein graues Rauschen, flatterte bereits Papier, am Weg ein rauchendes Auto. Es wurde schriller und gestolpert.

»Unmöglich!«, hatte man immer wieder gesagt und dabei doch etwas ängstlich geklungen, sich ein wenig geduckt. Aber wer hatte daran geglaubt? Seit drei Monaten war man besorgter.
   »Unwahrscheinlich?«

Nun strömte man in die Stollen.

Den Berg hinauf, roch der Tag anachronistisch früh, zwitscherten Vögel – die ahnungslose Ironie wirkte leicht kitschig.

Hinter dem Waldrand, wo die Wiese sich wieder hinab zu den Häusern stürzte, gingen wir noch letzte Schritte. Erwartende, blickten wir in die blaue Leinwand, fragten uns, ob schon ein Donnern anhob.

III

Als es kam, war das Tal beinahe verstummt. Nur ein Wimmern aus den knirschenden Gruben ließ sich erahnen, hier und dort ein fragender Schrei, Rennen. Keine Vögel mehr.

Das Grammofon setzte aus, ich musste kurz blinzeln, bevor ich die Nadel wieder auflegte.
»Pilze gucken«, hatten wir immer gesagt und dabei ein wenig einsam geklungen. Jetzt also.

Noch einmal. Viel näher.

Vielleicht hatte ich es mir manchmal feierlicher vorgestellt, sogar etwas ausgelassen, mit ein paar Worten ...

Das Schweigen hinter den Blättern raschelte. Ich merkte ein Zittern, es war schon da. Einen Blick lang lachten wir, klanglos und ohne Mundwinkel. Ein Aufrauschen, schwer und tiefer. Keine Sprache mehr.

Danach fiel kein Vorhang, er schien verbrannt. Nur Himmel. Der Wein machte müde, die Asche, Licht.

II

Du liegst, keine zwei Armlängen entfernt. Die graublättrigen Eisblumen auf deinem Körper klingen unbewegt, vielleicht Windstille. Ich bleibe auf den Boden geworfen.

Meine Lider werden noch einmal schwer, das macht es leichter. Als ich wieder sehen will, ist es dunkel. Ich weiß nicht wovon. Die Stille hat mir geantwortet.

Florian Liesegang, 1985 in Marburg geboren, studiert dort Philosophie an der Philipps-Universität.

Tina Mortuza

Ich hör dir gerne zu

Der Gemeinschaftsraum hat weiße hohe Wände. An der Decke hängen schmale Pendelleuchten, wovon eine defekt ist. Der Parkettboden ächzt an einigen Stellen und er hat dieses Geräusch immer gemocht. Nach dem Mittagessen setzen sich alle an die Tische, spielen Scrabble und solche Dinge, unterhalten sich über die unfreundlichen Pfleger, die Enkelkinder, die nie zu Besuch kommen, den klumpigen Kartoffelbrei, den es schon wieder gab, das schlechte Wetter und so weiter. Er aber sitzt nur da, an dem Platz in der Nische, neben der immergrünen Pflanze mit den zotteligen Blättern und schaut aus dem Fenster. Der Wind schlägt Regentropfen gegen die Scheibe. Er tippelt mit den Fingern auf dem Tisch herum, den Blick nach draußen gerichtet. Das Prasseln wird lauter. Er tippelt schneller. Der Wind reißt Blätter von den Bäumen. Er hält die Finger still. Er lächelt matt und schließt die Augen.

Er geht nach draußen.

Er atmet ein. Die Luft ist feucht. Er schaut zum Himmel. Der Regen fällt ihm ins Gesicht. Er geht in die Knie, fährt mit den Fingern durch das Gras und streift die Tropfen ab, die wie Perlen auf den Halmen haften. Dann läuft er zur Fichte, die er vom Fenster aus sehen kann, und streicht über die rotbraune Rinde. Sie fühlt sich rau an. Ein Holzsplitter bleibt in seinem Finger hängen. Behutsam entfernt er ihn und steckt den Finger in den Mund. Unter der Fichte liegen viele Zapfen, die ihm jetzt auffallen. Er hebt einen vom Boden auf. Der Zapfen ist eiförmig und liegt gut in der Hand. Er tastet die einzelnen Schuppen ab, die am Ende dichter werden. Dann hält er den Zapfen unter seine Nase – ein herber Geruch. Im Frühjahr duften die Zapfen frisch und süßlich. Er schaut sich um und läuft noch ein Stück weiter, zu der Birke, die schon fast kahl ist. Die nassen Blätter auf dem Boden schimmern. Er schaut nach oben und bemerkt, dass der Regen nachgelassen hat und die Sonne zwischen den Wolken hervortritt.

Er dreht sich zum Altenheim. Ein graues Gebäude mit rissigen Wänden und rostigen Balkonen. Er rollt den Zapfen in seiner Hand und streicht über die Schuppen. Dann legt er ihn ins Gras und läuft zurück.

»Wirklich?« Die Pflegerin packt die Bettdecke an den Enden und schüttelt sie durch. »Und was haben Sie dann gemacht?«

»Ich bin zur Fichte gelaufen.«

»Die, die man vom Gemeinschaftsraum aus sehen kann?«

Seine Augen strahlen. Die Pflegerin geht zu ihm und legt ihren Arm um seinen Rücken. Die Räder rollen ein Stück nach vorn. Mit dem anderen Arm greift sie unter seine Kniekehlen und hebt ihn aus dem Rollstuhl.

»Ja, genau die! Ich habe ihre Rinde angefasst und auf der ganzen Wiese lagen die Zapfen. Sie haben ganz herb gerochen, aber im Frühling, da duften sie.«

Er legt die Arme um ihren Hals, um sich festzuhalten.

»Na, was Sie alles machen!«

Die Pflegerin legt ihn auf das Bett und deckt ihn zu. Sie schenkt stilles Wasser in das Glas auf dem Nachttisch und reicht es ihm.

»Und wenn man draußen ist, sind die Blätter der Birke noch viel bunter.«

»Na, so was.«

Die Pflegerin lächelt freundlich, während er das Glas austrinkt. Sie nimmt es ihm ab und stellt es zurück auf den Nachttisch. Er versucht, sich auf die Seite zu drehen. Seine Beine sind zu schwer. Er bleibt auf dem Rücken liegen.

»Morgen gehe ich wieder spazieren.«

»Aber natürlich.« Die Pflegerin geht zur Tür. »Gute Nacht. Und träumen Sie schön.«

Sie macht das Licht aus.

Am nächsten Abend sitzt er im Gemeinschaftsraum und schaut aus dem Fenster. Im Dunkeln kann er nur die Silhouetten der Äste sehen, die sich im Wind bewegen. Der Mond scheint schwach durch die Wolken.

Er hört das Parkett, dreht sich um und sieht Marta. Sie setzt sich zu ihm. Ein zotteliges Blatt der Pflanze neben ihr berührt ihren Nacken. Sie streicht das Blatt mit dem Finger weg.

»Na, so ganz allein?«

»Ich war draußen spazieren. Vorhin, als es noch hell war.«

Sie sieht ihn an. Ihre Hände liegen ruhig auf dem Tisch.

»So?«

»Die Blätter sind fast alle von den Bäumen gefallen. Sie sind ganz bunt. Und ach, wenn doch Frühling wäre, dann würden die Zapfen wie frische Blumen duften.«

Sie lächelt.

»Möchtest du morgen nicht mitkommen?«

»Du weißt doch, das geht nicht.«

Er rollt ein Stück näher an den Tisch heran. Das Parkett ächzt unter den Rädern.

»Das sagst du immer, wenn ich dich frage. Aber warum denn nicht?«

»Es geht einfach nicht. Du kannst die Spaziergänge nur alleine machen.«

Er mustert ihr Gesicht.

»Aber ich hör' dir gerne zu, wie du von deinen Spaziergängen sprichst«, sagt sie schnell und steht auf. »Gute Nacht.«

Sie läuft zur Tür und der Boden ächzt unter ihren Füßen. Dann fällt die Tür zu. Er tippelt mit den Fingern auf dem Tisch herum, den Blick nach draußen gerichtet. Tropfen prasseln gegen die Scheibe. Er tippelt schneller. Der Wind reißt die letzten Blätter von ihren Bäumen. Er hält die Finger still. Er lächelt matt und schließt die Augen.

Er geht nach draußen.

Am nächsten Morgen geht Marta zu seinem Zimmer und klopft. Er reagiert nicht. Sie öffnet die Tür und starrt in das Zimmer. Das Bett ist gemacht. Die Jacke hängt nicht mehr am Haken. Der Rollstuhl ist fort. Sie lässt die Tür offen stehen und läuft zum Gemeinschaftsraum. Sie geht zum

Platz in der Nische und schaut aus dem Fenster. Die Birke ist kahl. Unter der Fichte ist niemand. Sie eilt zum Fahrstuhl und fährt nach unten. Sie läuft mit großen Schritten auf den Haupteingang zu und reißt beide Türen auf. Der Wind schlägt ihr entgegen. Sie läuft ein paar Schritte auf die Wiese, sieht die Birke und läuft zur Fichte. Sie bückt sich und hebt einen der vielen Zapfen auf, die im Gras liegen. Sie tastet die einzelnen Schuppen ab und hält den Zapfen unter die Nase – ein herber Geruch. Sie lässt den Zapfen fallen und schlingt den Morgenmantel fester zu. Sie geht zurück.

Tina Mortuza, 1991 in Offenbach am Main geboren, besucht die zwölfte Jahrgangsstufe des Rudolf-Koch-Gymnasiums in Offenbach.

Simone Schröder

Die Spielenden

In der ersten Februarwoche dieses Jahres hatte in der Stadt eine neue Bar mit dem Namen La Pesadilla de Cortázar eröffnet. Niemanden erstaunte das, denn wir leben in einer Stadt, in der man es gewöhnt ist, dass sich die Viertel ständig im Wandel befinden. Kleine Geschäfte, Clubs und Kneipen eröffnen, werden für eine Zeit zum Treffpunkt und verschwinden dann wieder – die Besitzer wechseln, die Gäste ziehen an einen anderen Ort weiter.

Der Schnee, der über die Karnevalstage gefallen war, schmolz, die Hörsäle füllten sich vor den Semesterferien ein letztes Mal mit Studenten und wir begannen für die Abschlussklausuren in Statistik zu lernen.

An einem dieser Tage gingen wir zum ersten Mal zu Cortázar, wie erst Hannes und dann wir alle sagten. Wir hängten unsere Jacken über die Stuhllehnen und Lorenz bestellte eine Flasche Mendoza und vier Gläser. Mit dem Wein brachte der Kellner eine Spielkiste aus Holz an unseren Tisch, auf der in roten Buchstaben Felice gedruckt stand. Ich gebe ja zu, ich gehöre auch zu den Leuten, die bei Spielen bislang immer an etwas spießige Familienabende dachte, aber es war kein gewöhnliches Spiel, nichts aus der Kategorie Monopoly, Skat oder Trivial Pursuit – nein, ein solches Brettspiel hatte noch niemand von uns gesehen und tatsächlich gab es keine Hinweise auf den Hersteller. Ob es aus Südamerika stammte? Das Spielfeld war etwa so groß wie ein Pizzakarton und karminrot gefärbt. Ziel des Spiels war es, mittels gewürfelter Schrittzahlen seine Figur möglichst schnell von einem Startpunkt aus, über eine sich schlängelnde Folge von Kästchen und Leitern ins Ziel zu bringen, dabei mussten in verschiedenen Kategorien Punkte gesammelt werden.

Das System war nicht besonders kompliziert. Lorenz, der die Rolle des Spielleiters übernommen hatte, sagte, dass ich, da ich der Älteste in der Runde sei, beginnen solle. Jeder zog eine Figur. Ich bekam einen jungen Mann, der mir gar nicht unähnlich sah: modisch gekleidet, sportliche Statur, Beruf Anwalt. Ich würfelte eine Fünf, rückte meine Figur fünf Felder vor und kam auf ein Cash-Feld. »Du hast in die richtigen Aktien investiert und gewinnst ein ordentliches Startkapital«, las Lorenz von einer Cash-Karte vor. Damit stand ich an der Spitze der Gruppe. Die anderen würfelten ebenfalls, aber niemand schlug meine Fünf. Ich durfte mir, so sahen es die Regeln vor, nun als erster der Gruppe einen Partner aussuchen. Lorenz hielt mir eine Schachtel entgegen. In zwei Kammern lagen verschiedene Figuren. »Du hast die Wahl zwischen einem Freund als Begleitung und einer Partnerin«, sagte er. »Na ist ja wohl klar, was er da nimmt«, sagte Hannes. Ich betrachtete die Abbildungen. Es waren Männer in Anzügen, Männer in Trenchcoats, Smokings, Männer mit Wollmützen in Boots und Steppjacken und es gab Frauen. Frauen die Röcke trugen, mit langen und kurzen Haaren, in Küchenschürze und Kostüm, Frauen in Morgenmänteln und Frauen in Cord-Schlaghosen. Ich entschied mich für eine Blondine in einem Cocktailkleid. Auf der Rückseite las ich: Sarah, 28, studierte Betriebswirtin, Perspektive: Karriere oder Kinder und ein reicher Mann. Dahinter ein Smiley, der mir zuzwinkerte. Ich stellte Sarah neben meine Figur und spürte ein Gefühl der Zufriedenheit.

»Gute Wahl«, sagte Jens, der bis jetzt noch gar nichts gesagt hatte.

»Für deine Partnerin sammelst du drei Social-Points und deine Charisma-Werte sind auch gestiegen«, verkündete Lorenz.

Die nächste Runde begann und ich war wieder dran mit würfeln.

Und nun, lieber Leser, hast du die Wahl:

A) Eine Vier. Ich rückte weiter vor und kam auf ein Ereignis-Feld. Ich zog eine Karte und las vor: »Du findest einen gut bezahlten Job in einer Anwaltskanzlei und ihr bekommt ein Kind.« – »Junge, du bist Vater«, rief Hannes, »herzlichen Glückwunsch.« Lorenz hielt mir wieder die Schachtel entgegen. Die Kinder, die darin lagen, waren alle um die drei Jahre alt. Jungen und Mädchen. Ich entschied mich für ein Mädchen und schaute neugierig auf die Rückseite. Doch da waren nur einige Linien und darüber stand: Namen und Eigenschaften eintragen! Ich hatte nie daran gedacht, dass ich irgendwann einmal Kinder haben könnte. Hannes und die anderen redeten, als wäre ich tatsächlich Vater. Und dabei war es doch ein Spiel. Ein Spielbrett, eine Anleitung, ein Ziel. La pesadilla de Cortázar – ob wir noch einmal hierher kommen würden und ob sie uns dann das gleiche Spiel an den Tisch bringen würden? Ich drehte mich um, (zum ersten Mal, seit wir begonnen hatten zu spielen) und schaute in den Raum. Ob an den anderen Tischen auch gespielt wurde? Doch da war niemand. Die anderen Gäste waren gegangen. Über unserem Tisch brannte eine letzte Lampe, sonst war es dunkel.

B) Eine Zwei. Ich rückte weiter vor und zog eine Ereignis-Karte: »Dein Vater stirbt und du erbst eine Summe von 250.000 Euro. Ihr beschließt, ein neues Auto zu kaufen.« – »Immer schön Gummi geben, so ist's recht«, sagte Hannes. »Ich seh' ihn schon mit der Blondine im Sportwagen«, sagte Jens.

Porsche, BMW, Mercedes. Die Sterne stehen dir offen. Der Motor schnurrt wie ein Kätzchen, wenn du das Gaspedal durchdrückst. Ihr werdet sanft in die Sitze gedrückt. »Wie beim Start eines Flugzeugs«, sagt Sarah. Ihr schießt die Landstraße entlang. LKWs, Kombis, Sonntagsfahrer, Rentner, Familienpapas: links, rechts überholen, vorbeifliegen, abheben. Sie legt ihre Hand auf deinen Oberschenkel. Ihr biegt ab auf die Autobahn. Nach Süden. Stuttgart, Basel und die ganze Welt. Du drückst das Pedal weiter durch. Die Felder, Äcker, Autobahnbrücken. Panta Rhei, die Sonne scheint, die Fahrbahn glänzt. Ein Regenbogen, eine Himmelsbrücke, ihr dreht euch, ein Kreisel, ein Karussell. Sarah schreit, die Leitplanke, Funken wie bei einem Schweißgerät. Es brennt. *Todos los fuegos*. Lorenz ist aufgesprungen,

Hannes und Jens auch. Nur du sitzt am Tisch und siehst auf das brennende Spielfeld. Du lachst. *El fuego* und es brennt und brennt und bbbrrreeeeennnnnnnnnnnnnnn-nnnnnnnnnnnnnnnnnnnnnnnnnn

Simone Schröder, 1986 in Frankfurt am Main geboren, studiert Komparatistik, Hispanistik und Politikwissenschaften in Mainz. Herausgeberin des Kulturhefts »elephant« (www.elephantmagazin.wordpress.com), freie Mitarbeiterin bei www.titel-magazin.de. Beiträge in »Nagelprobe 22«, (2005) Nagelprobe 24 (2007), Nagelprobe 25 (2008) und Nagelprobe 26« (2009).

Weitere Preistexte

Olga Erbe

Es.rom. (Essroman)

Essen zuzubereiten ist kein Beruf. Essen zuzubereiten ist eine Berufung. Meine Küche ist mein Machtbereich: Küchenhelfer meine Sklaven, der Kellner ein Bote zur Außenwelt. Hier verläuft das Leben wie in einem Mikrokosmos, wo ich die Rolle Gottes übernehme. Was habe ich schon alles erlebt: Die Verschwörung des Küchenpersonals, ein ständiger Wechsel der Bedingung, extravagante und hysterische Gäste. Sie kommen und gehen. Ich bleibe. Und Jörg. Der Kellner mit dem Schnurrbart, der mit seinem sicheren Auftreten imstande ist, snobistischste Kunden einzuschüchtern. Wir sind ein Team. Ohne ihn bin ich verloren. Wie Gott ohne seinen Erzengel Michael.

Manchmal sagt er: »Psst.« Nach dem Signal schaue ich durch den Spalt der Küchentür. Reine Kunst. Jörg serviert. Jede Bewegung ist durchdacht, keine unnötige Geste, kein überflüssiges Wort, nicht unterwürfig freundlich, nicht arrogant abgehoben. Der Mann ist auf das Wesentliche reduziert. Perfektion in Person. Ich kann mich kaum zurückhalten, eine Zugabe einzufordern.

Ab und zu erlauben wir uns einen kleinen Scherz mit ausgewählten Gästen. Wenn ein besonderer Gast kommt, gibt mir Jörg ein Zeichen. Der letzte von dieser Sorte war ein berühmter Dichter, der auffällig den Kopf schüttelte, um seinen langen asymmetrisch geschnittenen Pony aus den Augen zu entfernen. Ich habe seine Gedichte gelesen. Wahrscheinlich hat er eine sehr hohe Meinung von sich selbst, doch seine Gedichte sind einfach nur Scheiße. Mann muss mindestens die Brockhaus Enzyklopädie auswendig kennen, um den versteckten Sinn seiner Poesie zu begreifen. Ich sage nur: »Aufs Wesentliche konzentrieren Junge! Von Jörg lernen!« Ein Künstler muss über Selbstironie verfügen, muss sich selbst belächeln können, darf sich selbst nicht allzu ernst nehmen. Der mit dem asymmetrischen Pony wird das nie hinkriegen, deswegen mussten wir es für ihn an diesem Abend übernehmen. Ich – Gott und der Erzengel.

Ich fing an, mein spezielles Dichtergericht zuzubereiten. Hering auf Minz-Sahne-Mango-Schaumsüppchen. Ekelhaft. Der Dichter aß. »Ein echter Märtyrer«, dachte ich. Ein Heiliger. Einer der litt, um nicht vom Mainstream eingeholt zu werden. Er tat mir überhaupt nicht leid. So wie ich beim Lesen seiner Gedichte gelitten habe, wird er wohl nach dem Hering mit Sahne kaum gelitten haben. Ich sah zu, wie er seiner charmanten Begleiterin von der ungewöhnlichen Kombination meines Gerichtes erzählte. »Das ist etwas, was nicht jeder verstehen würde.« Er schon. Ich lachte mich kaputt.

Dann kam eine junge Frau in Schwarz. Eine von der Sorte, die sich gerne vorzeigt. Elegant angezogen. Allein. Die Frauen im Restaurant ... Immerhin besser als eine Frau in der Küche. Vom Kochen, vom richtigen Essen verstehen sie nichts. Zu viel Sahne, zu große Portionen. Zu, zu, zu. Die Frauen haben einfach keinen Geschmack. Geschmack muss man haben, um zu kochen! Sie wollte eine Empfehlung des Koches ausprobieren. Sie glaubte, sich auszukennen. Ich bereitete Schweinemedaillons für sie zu. Absichtlich mit einem kleinen Fehler. Zu roh in der Mitte. Noch einen Tick zu blutig. Das kann nur ein Gourmet bemerken. Sie nicht. Sie wird es roh essen und mich ihrer besten Freundin empfehlen, die hier nächstes Wochenende mit ihrem Pekinesen aufkreuzt. Die Frauen sind zwar nicht so einfach zu täuschen, wie die männlichen Intellektuellen, doch sie sind auch nicht perfekt.

Als ihr Teller zurückkam, wurde ich kurz nachdenklich. Sie aß alles, bis auf das Stückchen, welches einen Tick zu roh war. Sie hatte genau das zu rohe Stückchen in der Mitte des Medaillons herausgeschnitten. »Eine Querulantin!«, dachte ich. Eine Frau, die etwas vom Essen versteht, wird ohne Zweifel eine Querulantin sein! Sie wird sich beim Chef beschweren. Absolut zu recht. Die Medaillons waren einen Tick zu roh. Schweißausbruch. Blick zu Jörg. Jörg versteht, woran ich denke. Er schüttelte den Kopf: »Sie sagte nur Danke und ging.«

– Noch irgendetwas? Wie hast du sie gefragt?
– Du kennst mich doch. Wie immer. Ich fragte: »Hat's Ihnen geschmeckt?«
– Sie sagte nur »Danke«. Sonst nichts.
– Nach dem Chef gefragt? Sagte sie nicht, es war einen Tick zu roh?
– Nur »Danke«. Und ging.

Erstaunt. Das war doch einen Tick zu roh für sie. Eine Lady. Wo gibt es solche noch?

Am nächsten Abend war ich reichlich angespannt. Es kamen Omis mit Perlenketten, Schwule mit seidenen Halstüchern, Alternative in Cordhosen. Sie alle aßen das einen Tick zu rohe Fleisch auf. Aber sie kam nicht, ihr hatte es nicht geschmeckt. Ich habe eine Lady enttäuscht und ärgerte mich so sehr darüber. »Wenn man nur die Zeit zurückdrehen könnte, wenn ich nur vorher gewusst hätte, dass sie eine Echte war ...«

Als ich die letzte Hoffnung aufgegeben hatte, kam sie herein. Die Zeit des Abendessens war längst vorbei, aber die Echten stören solche Formalitäten nicht. Sie hatte das gleiche schwarze Kleid an und die Netzstrumpfhose, durch die ihre dünnen weißen Beine, wie steif geschlagene Sahne leuchteten. Sie schlug ihre Beine dreifach übereinander, so dass diese einen Knoten bildeten, schaute Jörg hoffnungsvoll an und bestellte etwas Leichtes, nach der Empfehlung des Kochs. Nach meiner Empfehlung.

Ich hatte vor, einen Salat zuzubereiten. Ich musste sie aber noch einmal prüfen. Wie oft habe ich den Fehler schon begangen. Ich musste auf Nummer sicher gehen. Das mit dem Fleisch konnte ein Zufall gewesen sein. Auf Nummer sicher gehen. Ich machte ein Salat und legte eine Löwenzahnblüte in die Mitte. »Sie wird sie bestimmt für Dekoration halten. Sie wird diese Blüte verachtungsvoll mit ihrer Gabel an den Tellerrand schieben und dann ist es vorbei. Vorbei mit uns, vorbei mit der Hoffnung.« Ich sah zu, wie die Tomate hinter ihren roten Lippen verschwand. Die Gurke, die Salatblätter. Sie aß so langsam, ich wurde ungeduldig. »Sie denkt wohl, dass ich nichts Besseres zu tun habe, als ihr beim Essen zuzuschauen? Die Blüte liegt nur noch ganz einsam auf ihrem Teller. Was nun?« Sie legte das Besteck noch nicht beiseite. Ich hielt den Atem an. Ich wusste nicht, wovon ich in dem Moment mehr Angst hatte. Sie nahm die Blüte in die Hand und steckte sie in den Mund. Sie kaute langsam und lächelte verträumt vor sich hin. Mir wurde kalt, ich zitterte.

Was für eine Frau ... Ich konnte sie mir ewig anschauen. Es wäre nie langweilig geworden. Sie war wie ein Gericht, das genau richtig portioniert ist. Mann wird davon nicht satt, man bekommt nur Hunger auf mehr.

Sie sagte nur: »Danke.« Offensichtlich hat sie gemerkt, dass ich sie prüfte. Sie war enttäuscht von mir, von meinem Verdacht, sie könnte nicht echt sein. Sie musste doch verstehen, dass es seine Zeit braucht, bis ein Koch Vertrauen aufbaut. Ich wünschte, sie könnte sich vorstellen, von wie vielen ich bereits betrogen wurde. »Weiß sie denn nicht, wie viele bei dem einfachsten Test durchfallen, und das Dekorobst vom Cocktail aufessen? Widerlich!«

Am dritten Tag konnte ich mich auf nichts mehr konzentrieren. Jörg schaute mich beunruhigt an. Sein Blick fragte: »Meinst du wirklich?« Meiner antwortete: »Ich glaube schon.«

Sie kam. Spezialität des Koches. Meine also. Ich habe es für sie gemacht. Nur für sie. Für die Echte. Nach dem Essen sagte sie: »Lob an den Koch« und ging.

An dem Abend briet ich ihr ein Spiegelei mit Speck in Herzform. Leicht überzogen, ohne Schleim. Natürlich kein »Schnupfenei«. Serviert auf meinem eigenen Teller mit dem abgebrochenen Rand. Sie tupfte das Brot in das Eigelb, das ihre Fingernägel verschmutzte und in Kombination mit ihrem Nagellack einen komischen gelbroten Ton ergab.

Acht Jahre sind seitdem vergangen. Sie kam nie wieder. Es vergeht kein Tag, an dem ich nicht an unsere dreitätige Beziehung zurückdenke. Tief in meinem Herzen glaube ich aber, dass sich eines Tages die Küchentür öffnet, und sie hereinkommt, die Frau, die vom Essen Ahnung hat.

Olga Erbe, 1984 in Minsk (Weißrussland) geboren, studierte von 2001 bis 2003 Internationales Recht an der Universität Minsk. 2004 begann sie ein Jurastudium an der Johann Wolfgang Goethe-Universität in Frankfurt am Main. Bisherige Veröffentlichungen: Kurzgeschichten in der Literaturzeitschrift »Zeichen und Wunder« sowie in »Nagelprobe 25« (2008) und »Nagelprobe 26« (2009).

Laura Friedrich

Stell dir vor

Stell dir vor

ein Stuhl
ein Raum
ein Mensch

und viel zeit

Stell dir vor

du sitzt auf dem Stuhl
du lebst in dem Raum
du bist der Mensch

keine Tür, kein Fenster, keine Luke im Dach

die Vorstellung beginnt
Bilder an den Wänden

Wir schauen zu

Stell dir vor
die Bilder dein Leben

Würdest du dich nicht fragen
was du hier machst

auf diesem Stuhl
in diesem Raum
mit diesem Mensch

und so viel zeit.

Rapsfeld

Ich habe einen Traum

Einmal,
ich weiß nicht wann

werden wir

wir zwei

durch ein Rapsfeld laufen.

Wir werden uns jagen,
aber nicht davonrennen.

Und wir werden nirgendwo
anders
sein wollen –

und wir werden …

wir sind glücklich,
weil wir zu Hause sind.

Ich glaube
es wird diesen Tag geben

einen Moment und dann

für immer vielleicht.

Obwohl ein Rapsfeld schnell verblüht.

Laura Friedrich, 1993 in Gera geboren, besucht das Goethe-Gymnasium in Gera. Bisherige Veröffentlichungen: Beiträge in Schülerzeitung, daneben Umsetzung eines eigenen Theaterstücks.

Moritz Anton Gause

Kühler Morgen März

Wenn ich morgens aufwache
glimmt der Plattenbau

vor meinem Fenster
rau und rostig: rot

in der ersten Morgensonne
vor glattem frühen Himmel

schwillt der Elster
auf dem Hausdach die Brust

zwei Dohlen taumeln Bauch an Bauch
vom Sims aus in die Höh

die Sprecherin in den Radionachrichten
sagt zwanzig Grad statt zwei

und Du fragst mich per SMS
nach einem kleinen kurzen Kuss

Moritz Anton Gause, 1986 in Berlin geboren, studiert Literaturwissenschaft und Kunstgeschichte in Jena. Bisherige Veröffentlichungen: Beiträge in »Nagelprobe 26« (2009), »Palmbaum. Literarisches Journal aus Thüringen« und »L. Der Literaturbote«.

Nora Heiland

Schöne Haare

Meine Haare sind weg. Vielleicht ist das das Schlimmste. Ich hatte schöne Haare, dick und schwarz. Mama sagte mir, ich solle sie jeden Tag mit hundert Büstenstrichen kämmen. Das tat ich. Jeden Abend kam Mama zu mir, fuhr mir mit den Fingern durchs Haar, um zu prüfen, ob ich sie auch tatsächlich mit hundert Bürstenstrichen gekämmt hatte, und sagte: »Du hast schönes Haar. Schönes Haar und nichts darunter. Du wirst eine gute Frau sein.«

Etwas stört mich. Es ist ein Piepen neben meinem Ohr. Es ist unerträglich laut. Je mehr ich mich darauf konzentriere, desto lauter wird es. Piep, piep, piep. Ich will die Augen öffnen, ich will es abschalten, will, dass es aufhört, ich will die Augen öffnen, aber es geht nicht. Es tut nur weh. Ich will die Hände ans Gesicht nehmen, will die Lider von den Augen heben, aber auch das geht nicht. Ich kann meine Arme nicht bewegen, irgendetwas hält sie fest. Und je mehr ich es versuche, desto mehr tut es weh. Alles tut weh. Meine Arme, meine Beine. Meine Hände, meine Füße. Mein Bauch und mein Rücken. Nur mein Kopf tut nicht weh. Aber ich fühle, dass er kahl ist. Ich habe keine Haare, denke ich, ich habe keine Haare mehr. Und dieser Gedanke tut mehr weh als alles andere.

»Mit Haaren wie den deinen könntest du Modell werden«, hat Klaus immer gesagt. »Wenn du mit mir nach Deutschland kämst, würden dich alle bewundern.« Klaus wollte immer, dass ich mit nach Deutschland komme. Aber ich konnte nicht. Das hätte Papa nie erlaubt. Ich hätte mich gar nicht erst getraut, ihn zu fragen. Papa wusste nichts von Klaus. Nicht mal Mama wusste etwas von Klaus. Ich hatte Angst davor, es ihnen zu erzählen. Also schwieg ich.

Das Piepen wird immer lauter. Es dröhnt in meinem Kopf, es verschluckt alle anderen Geräusche um mich herum, die Schritte, die Stimmen, die zu weit weg sind, um sie zu verstehen, und die Autos, die noch viel weiter weg sind. Es erstickt die Welt um mich herum und in mir, ich höre nichts als das Piepen und fühle nichts als den Schmerz. Für mich ist beides eins, das Piepen und der Schmerz.

»Zumindest aber könntest du die Haare abschneiden und verkaufen. Da würdest du eine hübsche Summe für bekommen.« Ich habe gelacht, als er es sagte. Mama hätte doch sofort gemerkt, wenn ich mir die Haare geschnitten hätte. Und außerdem mochte ich meine Haare. Klaus sagte immer: »Es ist eine Schande, dass du sie nicht zeigen kannst.«

Irgendwann höre ich eine Tür, Schritte, die näher kommen. Ich höre auch Stimmen, ganz nah. Ich spüre eine Berührung am Arm. Ich will ihn wegziehen, aber ich kann ihn nicht bewegen. Die Stimmen reden, aber ich kann sie nicht verstehen. Sie reden nicht arabisch. Sie reden auch kein deutsch, das weiß ich. Klaus hat mir ein paar Worte beigebracht. Er hat mir »Guten Tag« und »Ich bin Ayşe« beigebracht. Ich wollte wissen, was »Ich liebe dich« heißt, und er hat es mir beigebracht. Natürlich habe ich die Worte nie gesagt. Ich habe sie nur gesagt, wenn ich bei Klaus war, und er hat darüber gelacht. Ich mochte es, wenn Klaus lachte.

Vielleicht sprechen die fremden Stimmen englisch. Ich weiß nicht, wie Englisch klingt, denn ich habe es nie gelernt. Meine Brüder haben es alle gelernt. Sie sind in die Schule gegangen, aber ich bin zu Hause geblieben. Ich war immer traurig, dass ich nicht in die Schule ging, denn ich hätte gerne Bücher gelesen. Aber ich habe sowieso keine Bücher. Ich habe Mama trotzdem gefragt, ob ich nicht auch in die Schule gehen könne wie meine Brüder. Sie hat mir eine Ohrfeige gegeben statt einer Antwort.

Die Stimmen reden mit mir, glaube ich. Sie sind ganz sanft und ruhig. Es tut mir gut, wie sie mit mir reden. Ich merke, dass ich keine Angst vor ihnen habe. Ich will selber reden. Ich will ihnen sagen, dass das Piepen mich stört, ich will ihnen sagen, dass ich Schmerzen habe, ich will ihnen sagen, was passiert ist. Ich will fragen, wo ich bin, ich will fragen, was passieren wird. Ich will, dass Mama hier ist. Ich will, dass Klaus hier ist. Auf einmal höre ich Worte in meiner Sprache, sehr laut und hoch. Meine Lippen tun weh, und ich merke, dass ich es bin, die spricht. Die Menschen verstehen mich nicht, sie antworten nicht, sie reden ganz ruhig mit mir, als wollten sie mir sagen, dass alles gut sei. Aber es ist nicht alles gut. Ich rede lauter und ich rede schneller, ich will mich bewegen, ich will meine Augen öffnen. Und dann werde ich auf einmal ganz ruhig. Mir ist, als würde ich in ein tiefes, schwarzes Loch fallen.

»Es ist eine Schande, dass du deine Haare nicht zeigen kannst«, hat Klaus immer gesagt.

Wenn ich bei ihm war, bat er mich, das Kopftuch abzunehmen. Am Anfang habe ich mich geweigert, ich hatte Angst. Aber einmal habe ich es doch getan. Es war das erste Mal, dass mich ein Mann sah. Es war ein gutes Gefühl. Er fuhr mir mit den Fingern durchs Haar und sagte mir, dass ich wunderschön sei. Ich war so glücklich in diesem Moment. Immer, wenn ich bei ihm war, zog ich seitdem das Kopftuch ab, nahm den Schleier vom Gesicht, und er sah mich an und dann küssten wir uns. Manchmal nahm er mich im Auto mit zu sich nach Hause. Sein Haus war klein und einfach, und an einer Wand hing ein Kreuz und überall lagen Bücher herum. Klaus erzählte mir die Geschichte von dem Mann am Kreuz, und er erzählte mir noch andere Geschichten, über Gott und die ganze Welt. In diesem Haus fühlte ich mich so frei, wie ich mich niemals zuvor gefühlt hatte. Bevor ich aufbrach, stellte ich mich vor den Spiegel, steckte mein Haar zurück und band das Kopftuch um. Ich legte den Schleier vor das Gesicht, sah aus dem Fenster, und wenn niemand auf der Straße war, verließ ich das Haus.

Jetzt, wo ich die Schmerzen nicht mehr fühle, werde ich müde. Aber ich schlafe nicht. Es ist alles so fremd und kalt und unheimlich, und ich bekomme plötzlich Angst. Ich fühle meinen Körper nicht mehr, es ist, als hätte ich ihn verloren. Ich treibe durch die Dunkelheit, körperlos, wie ein Geist. Ich denke: Vielleicht sind meine Haare an allem Schuld.

Ich weiß nicht, wie ich es vergessen konnte. Ich weiß nicht, wie es geschah. Ich kann mich noch daran erinnern, wie ich vor dem Spiegel stand. Als ich aus seinem Haus gegangen bin, waren Menschen auf der Straße, Frauen. Sie zeigten auf mich, sie tuschelten. Ich wusste nicht warum, bis ich an einem Auto vorbeikam und mein Spiegelbild in der Scheibe sah. Ich erschrak so sehr, dass mein Herz stehen blieb, meine Beine wurden taub und meine Hände zitterten, als ich sie vors Gesicht schlug, als könnten sie den Schleier ersetzen, als könnten sie meine Haare verbergen, die mir über die Schultern fielen. Ich rannte zurück ins Haus, ich suchte das Kopftuch, es lag auf dem Sofa, wie war es dorthin gekommen? Wie hatte ich es vergessen können? Ich traute mich an diesem Tag nicht mehr, das Haus zu verlassen. Ich hätte nach Hause gehen müssen, aber ich traute mich nicht, nach Hause zu gehen. Am nächsten Morgen tat ich es trotzdem. Ich band mir sorgfältig das Kopftuch und ging nach Hause. Als ich dort ankam, war alles wie immer. Keiner sprach mit mir, keiner fragte mich, wo ich gewesen sei, keiner tat, als sei etwas Besonderes geschehen. Ich konnte mir nicht vorstellen, dass sie es nicht wussten. Ich versteckte mich in meinem Zimmer, bis mich Mama rief, die Ziege zu melken. Ich machte das Mittagessen, fegte das Haus, der Tag verging, genau wie der nächste. Alles war wie immer, und in meinem Herz wuchs die Hoffnung, dass sie es tatsächlich nicht wussten, dass tatsächlich alles war wie immer. Als wäre alles nur ein böser Traum gewesen.

Erst als das Öl über meinen Kopf lief, wusste ich, dass es kein Traum gewesen war. Mama hatte mich zum Brunnen geschickt. Wasser holen. Das Öl fiel wie von Gott befohlen vom Himmel, rann mir über den Kopf und mein Kleid, es stank fürchterlich und es brannte in den Augen. Alles war voll damit, alles war nass. Dann spürte ich die Hitze und dann spürte ich den Schmerz. Ich roch den verbrannten Stoff und das verbrannte Haar, und das verbrannte Fleisch, und dann merkte ich, dass ich es war, die brannte. Jemand schrie, laut, laut. Ich schrie. Ich fiel auf dem Boden und wälzte mich herum, die Flammen fraßen mein Kleid, das Kopftuch, die Haare, sie fraßen auch meinen Körper.

Und dann geschah ein Wunder. Plötzlich hörten alle Schmerzen auf, und ich hörte eine Stimme, bevor ich in Ohnmacht fiel. Es war Klaus' Stimme.

Jetzt habe ich keine Haare mehr, die ich verkaufen könnte. Vielleicht hängen noch zwei oder drei in meiner Bürste. Ich überlege, wie viel Geld man wohl für drei Haare bekommen würde. Auf jeden Fall nicht genug. Genug wofür?

Jemand kommt herein. Es ist ein Mann, er spricht arabisch, wenn auch sehr schlecht. Er sagt mir, dass ein Mann da ist, der mich sprechen will. Ich lächle, als er Klaus' Namen sagt.

Meine Haare sind weg. Vielleicht ist das das Beste. Vielleicht sind meine Haare an allem Schuld.

Nora Heiland, 1992 in Ziegenhain geboren, besucht die zwölfte Klasse des Gymnasiums Elisabeth-Schule in Marburg.

Sara Heristchi

IM HIMMELBETRACHTEN
schwanken straßenbahnkabel,
die sonst steif
an unseren köpfen
vorbeiragen
am stromnetz reibend
lautlos zischen

wir suchen wege
nach straßennamen
ich halte mich
am rucksackriemen
du schiebst dein fahrrad
ein wenig langsamer
am asphalt zeichnet
sich der abgelaufene radius
zur notiz
an deine tür

NACHTTAGE LIEGEN
entknittert
unweit meiner hände
und doch

fasse ich nicht
das schweigen
suche ich nach
deiner telefonstimme

bis deine
augen
meine stunden
in briefe falten

entbundene kabel
aus erinnerungen
an dein
verlebtes gesicht

Sara Heristchi, 1985 in Lich geboren, verbrachte nach dem Abitur zwei Jahre am Manatee Community College in Bradenton, Florida (Abschluss: Associate in Arts Degree). Seit 2007 studiert sie Amerikanistik und Historische Ethnologie an der Johann Wolfgang Goethe-Universität in Frankfurt. Das Wintersemester 2009/2010 absolvierte sie an der University of Massachusetts Amherst. Bisherige Veröffentlichung: Gedicht in »Nagelprobe (2008).

Martin Knuth

Bis zum Ende der Grodzka-Straße

Weißer Dampf –
ich puste ihn über den Rand
der Tasse hinweg in dein Haar.
Und du liegst immer noch träumend im Bett.
So lang, bis ich kichernd das Radio aufdreh
und wild in den Kreis deiner Träume tanze.
Dort draußen klatscht Sonne dir Beifall
und mir ins Gesicht.
Heut fehlt die gewöhnliche Trauer
der Dinge um uns und
wäre es meine Art, in schönen Momenten zu schreien,
ich würde es tun.
Ich würde pfeifend über Zebrastreifen hüpfen
und Mönchen an den Kutten zupfen.
So lang, bis der Alte am Totenbrett
die Frage sich vom Gesicht wischt.
Vom Marktplatz dringt
die träge Folklore der Hejnał.
Schon wieder zu spät.
Doch heute bin ich
der lachende Gast,
der schmunzelnde Schlendrian.
Noch bis zum Ende der Grodzka-Straße.

Martin Knuth, 1984 in Görlitz geboren, studiert Philosophie, germanistische Literaturwissenschaft und Wirtschafts- und Sozialgeschichte an der Friedrich-Schiller-Universität Jena.

Romina Männl

Stille

Es war still in dieser Nacht. Stiller als sonst. Die Stille war ohrenbetäubender als der Lärm, der sonst nachts in sein Zimmer hinaufdrang, und weitaus unangenehmer. Eine beunruhigende, endgültige Stille, die in Emils Ohren dröhnte, während er lauschend in seinem Bett lag. Es war schon lange nicht mehr vorgekommen, dass Emil die Möglichkeit hatte, einzuschlafen. Diesmal hatten sie früher aufgehört als sonst. Ihre Stimmen waren leiser geworden und schließlich zu einem resignierten Flüstern verstummt. Als Emil vorsichtig die Tür seines Zimmers geöffnet und die Treppe hinunter ins Esszimmer gespäht hatte, hatte er seinen Vater am Tisch sitzen sehen, das Gesicht in den Händen vergraben, die Schultern zitternd. Seine Mutter konnte er nirgends entdecken. Mit blinzelnden Augen schlich Emil zurück in sein Zimmer und ließ die Tür einen Spalt offen, um auf Regungen zu lauschen.

Das war vor zwei Stunden gewesen. Nichts hatte sich seither gerührt. Emil starrte an die Decke, auf der einige Lichtflecke tanzten, sobald sich der Baum hinter dem Vorhang bewegte und von Zeit zu Zeit das kalte weiße Mondlicht hindurchdringen ließ. Er wusste, dass es so hatte kommen müssen. Es war seit Langem abzusehen, doch keiner von ihnen wollte es wahrhaben. Aber Emil hatte es gewusst. Schon als er das erste Mal nachts nicht einschlafen konnte, hatte er es gewusst. Die Angst, die mit der wachsenden Ahnung einer kam, nahm ihm den Atem und schien seine Brust zuzuschnüren.

Plötzlich ging das Licht an der Treppe an und Emil hörte Schritte. Schnell kniff er die Augen zu und drehte sich auf die Seite. Im nächsten Moment wurde die Tür geöffnet und eine schemenhafte Gestalt kam herein. Sanft und leise setzte sich seine Mutter auf die Bettkante und begann Emils Schulter zu streicheln. Emil spürte einen sanften Schauer seinen Rücken hinunterlaufen und starrte zu dem mondbeschienenen Fenster hinaus. Als seine Mutter ihm einen Kuss auf den Nacken gab und leise zur Tür hinausschlich, keimte in Emil eine kleine Hoffnung. Vielleicht war es heute noch nicht so weit.

Romina Männl, 1989 in Mannheim geboren, absolviert zurzeit ein Freiwilliges Soziales Jahr in einem Wohnheim für geistig behinderte Menschen.

Lena Rupp

Wir hören einander nicht

Es tropfte aus seiner Nase und um die Mundwinkel hatte sich ein kleiner See Speichel gebildet, der sich bald zum Rinnsal sammeln und ihm in den Mund laufen würde, wenn sie es nicht abtupfte und wegwischte.

Sie hatte ihn eben gewaschen und ins Bett gelegt, jetzt wartete er – seine artig gefalteten, zittrigen Hände über der Bettdecke –, dass sie ihn über den Kopf streichelte und ihm *Gute Nacht* wünschte, immer dasselbe Ritual, jeden Abend. Sie schaute seine rissigen, alten Hände an und musste an ihren Sohn Tone denken, daran, wie sie immer gebetet hatten vor dem Schlafengehen, früher, als er noch klein war und sie noch geglaubt hatte.

Er verschränkte die Hände genauso wie Tone damals und wartete mit dem gleichen Blick auf sie. Gestern in der Zeitung hatte sie gelesen, Kinder und Alte brauchten Worte und Gesten, an denen sie sich festhalten konnten, die Ordnung bedeuteten. Sie überlegte, wann ihr Sohn das letzte Mal gebetet hatte, wann er das letzte Mal in der Kirche war, sie war zu weit weg, sie hatte keine Ahnung. Sie wusste, sie würde nicht fragen, sie war froh, ihn sonntags abends überhaupt für eine Minute ans Telefon zu bekommen. Seine einsilbigen Antworten zu Oma und der Schule verrieten ihr, dass er beide schon lange nicht besucht hatte. Aber sie durfte ihm keine Vorwürfe machen, ihn nicht bedrängen. Er würde sonst den Hörer nicht mehr abnehmen.

Es klopfte, und Piedro aus der Nachbarwohnung steckte seinen Kopf ins Schlafzimmer, sie winkte ihm, und er verstand, schloss die Tür leise und wartete im Flur. Sie hörte, wie er sich eine Zigarette anzünden wollte und in den Taschen nach seinem Feuerzeug kramte. Früher mussten sie den Alten gemeinsam ins Bett zu hieven, aber seitdem er krank war, hatte er dreißig Kilo abgenommen und war jetzt fast so leicht wie Tone mit fünf oder sechs und sie konnte ihn problemlos alleine schlafen legen.

Obwohl Piedro wusste, dass sie keine Hilfe mehr brauchte, klopfte er pünktlich um kurz nach sieben. Eine Art Freundschaftsdienst, der sich langsam entwickelt hatte, jetzt da war und nicht mehr aufgelöst werden konnte, und so löschte sie jeden Abend das Licht, schloss behutsam die Tür des Alten und setzte sich dann mit Piedro ins Wohnzimmer für eine Zigarette oder zwei, ein Bier oder manchmal auch auf ein Glas Wein oder eine ganze Flasche.

Heute erzählte sie ihm vom Besuch, der sich angekündigt hatte, und Piedro rollte mitleidig die Augen. Die Tochter des Alten war ihm nie sonderlich sympathisch gewesen, er mochte ihren starren Blick nicht und las darin Verwunderung darüber, dass einer wie er, Piedro, in diesem Haus lebte, in dieser Gegend, einer, der vielleicht Autos knackte oder Drogen verkaufte. Er solle nicht übertreiben, sagte sie Piedro jedes Mal, sie kam mit der Tochter gut zurecht, sie zahlte pünktlich und beschwerte sich nie. Das war bei deutschen Verwandten selten, die meisten der anderen klagten über herrische Schwiegertöchter und Söhne, die alles besser wussten oder denen alles egal war.

Sie tranken nur ein Bier zusammen, Piedro hatte einen schlechten Tag und wollte sich gleich schlafen legen; ihr war das recht, sie wollte nach Hause schreiben und noch einen Kuchenteig anrühren für morgen. Manchmal blieb die Tochter sonntags zum Kaffee und sie wusste, dass sie Nusskuchen gerne mochte. Wichtiger war aber der Brief, den sie sich vorgenommen hatte zu schreiben, an Tones Vater. Sie hatte das letzte Mal vor fünf Jahren mit ihm gesprochen. Er war weggegangen, als Tone sechs war, ein kleiner Junge, der seinen Vater auf dem Fußballplatz und beim Elternbesuchstag in der Schulwerkstatt gebraucht hätte. Jetzt war auch sie weg in Deutschland und er, der Vater, vielleicht die letzte Möglichkeit, Tone zurückzubringen. Sie wusste es nicht, sie hoffte es.

Ihr fielen keine guten Wörter ein, sie wollte nicht um Hilfe bitten, aber sie musste ihm die Wahrheit sagen, ihn fragen, ob sie auf dem Bau Jobs hätten. Sie dachte, wenn Tone arbeiten würde, wäre alles besser, weg von der Straße, weg von den Drogen, er brauchte eine Chance. Sie war sich nicht sicher, ob er eine wollte.

Seine Tochter kam schon früh. Sie war gerade dabei, ihn zu waschen, als es klopfte. Noch ein Grund, warum sie die Frau mochte. Natürlich hatte sie einen Schlüssel, aber sie wollte nicht ungefragt eindringen.

Vorsichtig trat sie ein, erschöpft und bleich. »Hallo Vater, ich bin's, Luise«, sagte sie und hielt sich an seinem Bett fest. In all der Zeit, da sie bei ihm war, hatte ihn seine Tochter noch nie berührt. Es schmerzte sie, weil sie wusste, wie gern er es hatte, abends über den Kopf gestrichelt zu bekommen. Dann dachte sie an Tone, sie hatte ihn seit drei Jahren nicht mehr berührt, er wand sich aus ihren Umarmungen und verabscheute ihre Abschiedsküsse. Sie wusste nicht, ob es sein Alter war oder ob Tone sich ekelte vor ihr.

Seit ein paar Wochen hatte der Alte eine Schuppenflechte, zuerst nur am Kopf, dann war es übergegangen auf seine Hände, schließlich den Bauch und den Unterleib, staubtrockene Haut, wenn man über seinen Körper blies, schneite es Flocken. Sie wusste nicht, ob die Tochter sich davor ekelte und ihn nicht anfassen wollte oder ob sie sich nie berührt hatten früher und sie deshalb gar nicht auf die Idee gekommen wäre, ihm die Hand zu geben.

Sie sah, wie er seiner Tochter antworten wollte, seine Lippen ganz fest gespannt, so als wolle er die Buchstaben einzeln aus sich herauspressen, den Kopf rot vor Anstrengung, die Augen halb versunken. Sich gegen die Sprachlosigkeit aufbäumend entfuhr ihm ein lauter, klagender Laut; sie dachte an einen Hund, der sich in der Ecke verkrochen hatte, weil ein Gewitter nahte. Seine Tochter erschrak und klammerte sich an der Bettlehne fest.

»Ist gut«, sagte sie und legte einen Arm um ihn, als Tränen über seine Wangen liefen. Er hatte die Hand nach seiner Tochter ausgestreckt, zaghaft, tastend, weil er keine Kraft und wahrscheinlich keinen Mut hatte, aber die sah es nicht, hatte ihren Körper nach links gedreht, starrte verlegen an die Wand, an der seit drei Jahrzehnten dasselbe Bild hing, sie alle auf dem Rasen, eine glückliche Familie, streng in einer Reihe und nicht ausgelassen lachend zwar, aber anscheinend zufrieden.

Kurz nach fünf verabschiedete sich die Tochter, sie hatte den halben Nusskuchen eingepackt, sich bedankt und hilflos gelächelt. Sie brachte den Alten sonntags früher zu Bett, damit sie mehr Zeit hatte, zu Hause anzurufen. Meistens dauerte das Telefonat nicht mehr als zehn Minuten, von denen sie neun sprach und eine Minute gelangweilte, abwesende Antworten bekam.

Lena Rupp, 1988 in Heppenheim geboren, studiert Psychologie an der Philipps-Universität Marburg.

Annika Ruppert

Gleichgültigkeit

Kalt wie Cola
Nass wie Wasser
Dunkel wie weiß
Schwarz wie heiß

Tomaten wie Garten
Montag wie Freitag
Blau wie grün
Laut wie Löwen

Versäumt wie nie
Geträumt wie nie
Langsam wie Winter
Gemütlich wie Regen

Kommen wie gehen
Werden wie sehen
Raus wie rein
Schein wie sein

Annika Ruppert, 1993 in Marburg, besucht die elfte Klasse der Europaschule Gladenbach.

Lisa Schetter

wolf

wolf,
wieso höre ich dir zu wenn du
im dunkeln wenn die luft steht wenn
mückenschwärme lautlos über komposterobst herfallen
und der kopf sich zu migräne verschmiert
wenn bleierne schwüle sich auf
halbgares inneres legt aus magenwummern
deine gestalt sich halbgebrochen flackernd
in meine gedanken einschleust
wenn du

den mond anheulst
mehr diesen trüb schimmernden flecken
den dir hinter wolkenmassen nur dein instinkt
gerade so auftreibt

wieso nehme ich ausgerechnet dich,
scheues urgetier
das sich auf klapperdürren pfoten
mit flöhen im fell
schon lange ins nichts davongemacht hat
und all dieses gebrochen schiefe jaulen
kratzen rauer kraftloser stimmbänder
deine elendsromantik ernst?

Lisa Schetter, 1992 in Oberhausen geboren, besucht das Ludwig-Georgs-Gymnasium in Darmstadt. Bisherige Veröffentlichung: Gedichte in der Anthologie »Schreibzimmer 2008« (herausgegeben vom Literaturhaus Frankfurt). 2008 erhielt sie den Literaturpreis des Ludwig-Georgs-Gymnasiums in Darmstadt.

Melanie Welters

Eine Stunde Zeit

Da stand sie nun, halb außer Atem, geistig noch halb mit Laufen beschäftigt, aber schon längst stehen geblieben. Sie spürte immer noch Impulse in ihren Füßen und bemerkte auch wieder den Schmerz an den Fersen, der seit einiger Zeit immer wieder kam. Es war fast, als wenn sie unendlich lang gelaufen wäre. Jetzt ließ sie ihren Blick schweifen, obwohl sie wusste, wie alles aussah. Unzählige Male hatte sie hier gestanden. Manchmal eine halbe Stunde, manchmal nur zehn Minuten, so wie jetzt.

Heute war die Schule schon früher zu Ende. Sie hatte in ihren Busplan geschaut und überlegt: Zur Post laufen und zurück bis zur Bushaltestelle an der Schule? Oder noch in der Schule bleiben und auf dem Weg zum Bahnhof dann bei der Post vorbeigehen und mit dem späteren Bus fahren? Klar, wieder einmal die schnelle, hastige Variante. Ständig fiel ihr auf, wie gehetzt sie wohl wirken müsste. Ihre Beine fühlten sich viel schwerer an als sonst. Sie war froh, dass es nicht mehr regnete und sie nicht den Schirm aufspannen musste. Ein Blick auf die Uhr – genug Zeit. Wenn nur in der Post jetzt keine Schlange ist. Sie beschleunigte ihre Schritte noch mehr.

Es war ungewöhnlich leer. Sie gab ihr Formular ab, unterschrieb und brachte die Dame hinterm Tresen zum Grinsen. Und ich bekomme dann Post von der Post? Eigentlich gar nicht so lustig, wie sie fand. Auf dem Rückweg dachte sie nicht mehr daran. Zwischenzeitlich hatte sie ihre Schritte verlangsamt. Viel Zeit noch, er würde in den nächsten fünf Minuten nicht vorbeikommen. Eine Nachbarin stieg gerade in ihr Auto, sie hätte mitfahren können, wenn sie gewollt hätte, machte sich aber nicht bemerkbar und wurde nicht entdeckt. Sie wollte nicht reden jetzt, mit niemandem.

Also weiter auf dem nicht befestigten, vom Regen aufgeweichten Weg, den sie sonst ungern lief. Aber das war jetzt egal. Vielleicht wird heute das letzte Mal sein oder er kommt einfach nicht. Sie verstand so einiges nicht und schaute wie in Trance auf die Fahrbahn. Blick auf die Uhr, noch Zeit, bis er kommt, wenn überhaupt. Angekommen. Da stand sie nun und ließ ihren Blick schweifen, Rechts die altbekannte Ampelkreuzung, links die Kurve, hinter der ständig Autos verschwanden und neue auftauchten, gegenüber eine Hecke und dahinterliegende Häuser. Und oben? Blauer Himmel mit großen grauen Wolken und eine penetrant scheinende Sonne. Warum war sie nicht mit dem Fahrrad gefahren, dann hätte sie ihn vielleicht persönlich gesehen? Aber sie hatte es noch nie geschafft. Seit über einem halben Jahr, jede Woche, fast jeden Tag. Nur sehen, dass er da war.

Jetzt konnte es nicht mehr lange dauern, ein, zwei Minuten höchstens. Heute hatte sie es im Vorbeifahren nicht gesehen, ob sein Auto auf dem Platz stand, wo es seit Monaten jeden Tag gestanden hatte. Ein Blick zur Ampel, Autos gescannt, nicht dabei. Als sich auf dieser Seite der Straße eine Schlange gebildet hatte und es grün wurde, verstohlener, dann suchender Blick nach rechts. Es war wie immer ganz plötzlich. Sie wusste nie, wo sie hinschauen sollte, was tun? Sie glaubte, sein Auto erkannt zu haben, traute sich nicht, den Blick zu heben, wollte aber auch nicht in die andere Richtung schauen, um ihn wenigstens für eine Sekunde zu sehen, eine Momentaufnahme einzufangen. Erstes Auto, danach musste seines kommen. Ja, er war es! Blitzschnell aus dem sturen Blick, der auf die andere Fahrbahn nach unten gerichtet war, die Augen hochrollen und mit Herzklopfen den Bruchteil einer Sekunde lang sein Profil sehen. Arbeitskleidung und Sonnenbrille, die Sonnenbrille, mit der sie ihn das erste Mal gesehen hatte. Ihr Herz schlug bis zum Hals. Er hatte sie nicht gesehen. Oder doch?

Ihre Wünsche schienen von Tag zu Tag utopischer. Doch etwas musste da sein, irgendwas, was alles Schlag auf Schlag verändert hatte. Unzählige Male schon war sie die Zeit seit letztem Sommer durchgegangen, alle Details waren präsent, jede noch so winzige Kleinigkeit. Sie spürte diese endlose Leere und wollte nicht, dass der Bus kam, auf den sie sonst so genervt gewartet hatte. Sie wollte sich im Kreis drehen, alles verschwimmen sehen, umfallen und nie wieder aufstehen, aufwachen, leben. Doch alles das passierte nicht, sie stand weiter da, blickte aber jetzt in den Himmel. Die Wolken zogen schnell. Welch eine Verspottung. Blick nach links, da tauchte der Bus auf, und es war auch klar, warum er zu spät war. Am Steuer saß der Busfahrer, der immer unglaublich langsam fuhr. Aber auch egal jetzt. Buskarte raus, einsteigen, vorzeigen, hinsetzen. Der Typ auf dem ersten Sitzplatz guckte komisch, auch egal. Heute fand sie es gut, so langsam zu fahren. Sie dachte an einen Tag, an dem sie sich mit ihm getroffen hatte, und obwohl sein Auto nicht mehr da stehen konnte, hielt sie danach Ausschau. Es war schon ein Reflex geworden und bald würde es nie mehr dort stehen. Die Angst packte sie, wie sollte das alles werden?

Angekommen, ging die Tür so langsam auf, dass sie sie mit der Nasenspitze fast berührt hätte. Sie hatte es auf einmal eilig. Und schon wieder lief sie los, viel zu schnell, die Füße taten weh. Schnell, schnell. Warum eigentlich? Auf der Straße den Pfützen ausweichend bog sie in ihre Straße ein. Sie lief gern mitten auf der Fahrbahn. Besser als Bürgersteig, auch wenn sie nicht genau wusste, warum. Daheim. Schuhe aus, Rucksack ab, Musik aus, Jacke aus, Bad, PC an. Nichts ausgepackt, den Stapel Schulbücher von heute Morgen noch vor ihr, fing sie an zu schreiben. Eine Stunde Zeit.

Melanie Welters, 1990 in Borken geboren, besucht die 13. Jahrgangsstufe der Bachgauschule (Oberstufengymnasium) in Babenhausen. Bisherige Veröffentlichungen: Diverse Presseartikel im Rahmen einer freien Mitarbeit bei »Offenbach-Post« (Lokalredaktion) seit März 2009.

Frederik Winter

Findlingsland

Kiefernwälder mit roten Stämmen
Hinter leeren Feldern

Birkengesäumt
Linealgrade Straßen
immer weiter, ohne Anzuhalten durch Höfe die mal Dörfer
waren durch Dörfer die mal Höfe waren

Hier Heidekartoffeln
    Spargel
    Erdbeeren
Andreaskreuze in Rot und Gelb

Was dahintersteht
Wo ist einer den man fragen könnte

Ortseingang
Roter Backstein
Ortsausgang

Rehe

Ein Windrad

Ein Wald

Frederik Winter, 1991 in Offenbach am Main geboren, besucht das Humanistische Gymnasium in Frankfurt am Main. Veröffentlichungen: vier Gedichte in der Anthologie »Schreibzimmer 2009« (herausgegeben vom Literaturhaus Frankfurt).

Marianne Ziebula

Die Selbstmordmaus

Elisa Petersilie: Ich bin eine blaugraue Gummimaus. Ich kann auf zwei Beinen laufen und renne die Stufen in einem großen dunklen Haus hoch. Die Wände sind kahl und haben Flecken. Alles ist dreckig, die Stufen knarren, wenn ich drauftrete. Es gibt sehr viele Stockwerke in diesem Haus. Ich bin jetzt endlich ganz oben und ich stelle mich auf das Fensterbrett im Treppenhaus. Ich springe aus dem Fenster und falle tief. Mein Magen zieht, das Fallen ist ein sehr ekliges Gefühl, trotzdem ist es abenteuerlich. Klatsch. Ich liege auf dem harten Boden vor dem Haus, es ist kalt hier unten. Ein paar Grasstoppeln kriechen aus dem grauen Boden.

Noch einmal hechle ich die vielen Stufen hoch. Dann springe ich runter. Klatsch. Ich kann überhaupt nicht mehr aufhören. Hechel, klatsch, hechel. Die Beine laufen von selbst zum Fenster. Der Rahmen ist weiß und der Lack springt von ihm ab, weil er alt ist. Klatsch. Es tut mir nichts weh. Ich bin ja aus Gummi. Trotzdem will ich wissen, wann es endlich weh tut. Ganz unten geht eine Tür auf. Eine grüne Maus kommt heraus. Wie spielen Wettrennen und rennen hoch zum Fenster. Die grüne Maus lacht und wird immer langsamer dabei.

»Schneller! Renn Schneller!«, rufe ich. Arne: Auf meinem Tisch stehen zwei Katzen, die machen genau dasselbe, mitten auf meinem Frühstückstisch. Jetzt lecken sie sich das Maul. Exakt synchron. Scheiße, das muss ich mir abgewöhnen in der Woche, das tut mir gar nicht gut, merk schon, wie ich ganz blöde davon werde. Jetzt hab ich schon zwei Katzen. Mein Gott, warum guckt mich der Kater die ganze Zeit so komisch an? Will doch nur in Ruhe essen. Mann, das ist nicht einfach. Ständig kleckert was daneben. Klack, klack. Die Milch auf dem Fußboden. Hier Katze, kannste ablecken. Mein Schädel brummt bösartig von gestern Abend. Mauz, mauz, was ist denn? Verzieh dich in deine Ecke oder geh raus spielen. Wart mal Arne, in seiner Ecke, da fehlt irgendwas. Nein! Hätt ich gleich drauf kommen können. Fressnapf ist alle. Hier haste was Feines mein Guter. Noch mal schnell aufs Klo. Damm it! Sören hat kein Klopapier gekauft. Hab jetzt aber keine Zeit mehr dazu. Hätte ich nicht so lange schlafen sollen. Muss jetzt schnell zum Seminar. Laufen, immer weiterlaufen, nicht stehen bleiben. Mir fallen gleich die Augen zu. Tür abschließen.

Dort sitzt er ja. »Sören, du wolltest Klopapier kaufen.« Da sitzt er, mit dem alten Harry, mitten auf der Treppe. Ist ein Lieber, der Sören, kümmert sich sogar um Harry, hat ihm kameradschaftlich einen Arm über die Schulter gelegt. Sören hört mich nicht, er muss sich jetzt kümmern. »Vergiss es nicht, sonst ham wir nachher nen Bratsch.« Ich will draußen noch eine rauchen, dort hüpft aber die Kleine von Petersilies aus dem Parterre rum. Ich stell mich also ans Fenster beim Treppenabsatz. Der Rauch ist schon nicht mehr farblos, der ist richtig weiß gegen den grauen Himmel. Es wird bald Winter.

Eine Treppe weiter oben schluchzt Harry, ich kann nur erraten, was der da nuschelt: »Was hab ich denn falsch gemacht?«, oder so. Jetzt ningert er. Die Augen fallen doch zu, kann sie einfach nicht offen lassen. Keine Ahnung, was wieder ist, aber Harry hat meistens Geldsorgen oder Probleme mit seiner family.

Es klirrt leise, bestimmt hat er seine Bierflasche auf die Treppenstufe stellen wollen. »Nein, meine letzte.« Die Flasche scheppert bis zur zweiten Etage runter. Er ist kein schlechter Kerl, hat aber teilweise mit Leuten zu tun, die einfach nicht gut für ihn sind. Die zieh'n ihn nur immer weiter rein in den Dreck. Ja und manchmal bringt er dann zum Beispiel Leute mit, die ihm eh nur die kleine Dachkammer da oben zertrümmern. Seine Frau, die mag ich auch nicht. Die stiehlt einem alles vor der Nase weg. Ist jetzt auch im Gefängnis.

Ich merk grad, mir geht's schon besser. Das Frühstück hat echt was gebracht. Mein schwarzer Kater hat sich neben mich aufs Fensterbrett gequetscht. Für diese sportliche Höchstleistung will er auch gleich gekrault werden. Nee du, ein ander Mal. Draußen krabbelt das Mädchen über den

Sandkasten auf den hohen Holztisch in der Ecke. Mein Kater riecht den Zigarettenqualm und flüchtet, das ist nichts für sein feines Näschen. Jämmerlich sieht's da unten aus im Hof. Die anderen Häuser drumherum schirmen ihn richtig vom Licht ab. Die einzigen Pflanzen, die es hier bei uns aushalten, sind ein paar mickrige Grashalme. Aus dem Gulli stinkt es erbärmlich, müsste mal wieder abgepumpt werden. Das hab ich gestern zum ersten Mal so richtig mitgekriegt, als ich drüber stand und einen Brechreiz hatte. Da war dann alles zu spät.

Das Mädchen springt vom Tisch, krabbelt wieder hoch und springt hastig runter. Dann wiederholt sie das Ganze mindestens fünf Mal. Sie kriegt gar nicht richtig Luft dabei, so eifrig ist sie. Manchmal will ich auch wieder so klein sein. Da kriegt man doch vieles noch gar nicht so richtig mit, die ganze Last, die sich die Erwachsenen so wegsaufen müssen. »Schneller! Renn schneller!«, ruft die Kleine und lächelt ins Leere, als ob da noch wer andres wäre.

Marianne Ziebula, 1990 in Jena geboren, macht 2010 ihr Abitur.

Inhalt

Vorwort · *Preisrede* 7

Hauptpreise

Juliane Bruhn · *Sinnflimmern* 13
Christian Engel · *Celan* 16
Katharina Hartwell · *Hinter Glas* 18
Wiebke Hoffmann · *Melancholie in Blau* 22
Daniel Kroiß · *Nur Espresso für Monsieur Laroche* . 26
Markus Ladebeck · *Herr Karlstein* 31
Kai Mertig · *windmann geht die stürme küssen* 34
Katrin Pitz · *Dunkelblau, nachtschwarz* 37
Markus Sehl · *Norway III* 40
Christian Wöllecke · *Ruhestörung* 44

Autorenwerkstatt

Johannes Fischer · *Vom Nichtfinden* 49
Felix Kracke · *Sie und Kasper und ihr Vater* 50
Florian Liesegang · *Pilze gucken* 56
Tina Mortuza · *Ich hör dir gerne zu* 58
Simone Schröder · *Die Spielenden* 62

Weitere Preistexte

Olga Erbe · *Es.rom. (Essroman)* 69
Laura Friedrich · *Stell dir vor* 74
             Rapsfeld 75
Moritz Anton Gause · *Kühler Morgen März* 76

Nora Heiland · *Schöne Haare* 77
Sara Heristchi · *im himmelbetrachten* 82
　　　　　　　　nachttage liegen 83
Martin Knuth · *Bis zum Ende der Grodzka-Straße* .. 84
Romina Männl · *Stille* 85
Lena Rupp · *Wir hören einander nicht* 87
Annika Ruppert · *Gleichgültigkeit* 91
Lisa Schetter · *wolf* 92
Melanie Welters · *Eine Stunde Zeit* 93
Frederik Winter · *Findlingsland* 96
Marianne Ziebula · *Die Selbstmordmaus* 97